무한
담력
대결

우리같이 청소년문고 013
무한 담력 대결

초판 1쇄 펴낸날 2014년 5월 1일

지은이 리사 그래프
옮긴이 김희정, 오윤성
펴낸이 이정옥
펴낸곳 (주)우리같이 등록 제406-2011-59호
주소 경기도 파주시 청석로 300, 909-501호
전화 031-942-6661 팩스 070-7781-5598
이메일 withours@gmail.com

ISBN 978-89-967622-9-4 44800
ISBN 978-89-961890-3-9 44800(세트)

이 도서의 국립중앙도서관 출판시도서목록(CIP)은 e-CIP 홈페이지(http://www.nl.go.kr/ecip)에서
이용하실 수 있습니다.(CIP 제어번호: CIP2014011072)

무한
담력
대결

리사 그래프 장편소설

■

김희정 오윤성 옮김

우리같이

부모님께

그리고

행복이 무엇인지 가르쳐 준 폴라와 칼에게

• 차례 •

프롤로그

대부분의 전쟁은 콰르릉 콰쾅 하는 폭발음이나, 탕탕 혹은 따당 하는 총성으로 시작한다.

43H 교실에서 벌어진 전쟁은 단순한 질문에서 시작됐다.

문제의 화요일 아침, 스팍스 선생님이 43H 교실에 모인 여덟 명의 방송부 학생들에게 이렇게 말했다.

"여러분, 봄 학기에 누가 뉴스 앵커를 맡을지 정할 때가 됐군요. 누구, 하고 싶은 사람 있나요?"

평소 방송부는 전쟁 같은 것을 하는 곳이 아니다. 보통은 협동심과 우정, 동지애가 넘치는 곳이다. 일단 방송부에는 사명이 있다. 매일 아침 방송을 만들어 내보내는 사명. 방송부원 모두 그것이 얼마나 중요한 일인지 잘 알고 있다. 그런데 가끔은 세상에서 제일 친한 친구끼리도 의견이 갈릴 수 있다.

스팍스 선생님이 말했다.

“누구 없어요? 하고 싶은 사람 있으면 손들어 봐요.”

손이 셋 올라갔다.

브랜던 킹, 프란신 할라타, 루이스 말도나도.

“좋아요. 브랜던, 왜 앵커를 하고 싶은지 친구들에게 말해 주겠니?”

브랜던이 대차게 “에헴” 소리를 내며 자리에서 일어났다. 그러더니 순식간에 발로 의자를 밟고 책상 위로 척척 올라가서는 주먹으로 가슴을 치며 소리쳤다.

“뉴스 앵커 자리는 저의 것입니다!”

브랜던은 천장에 대고 목청을 높였다.

“제가 세상에서 제일 잘났으니까요!”

브랜던의 제일 친한 친구인 안드레 잭슨도 벌떡 일어서더니 브랜던만큼은 아니지만 거의 그만큼 큰 소리로 외쳤다.

“옳소! 브랜던이 세상에서 제일 잘났습니다!”

엠마 파인위츠가 킥킥 웃었다.

스팍스 선생님은 조용히 고개를 끄덕였다. 선생님은 아이들에게 사사건건 이래라저래라 하지 않는 보기 드문 교사이다. 아이들이 의견을 마음껏 표현하게 하고, 의견 차이는 각자 옳다고 생각하는 방식으로 스스로 해결하는 방법을 배우게 해야 한다는 게 선생님의 평소 생각이다. 아마도 그 때문에 스팍스 선생님이 4학년 선생님 중 최고라는 이야기가 오덴 초등학교 전체에 자자한 것 같다. 그렇다고 스팍스 선생님 앞에서 아무렇게나 행동해도 된다는 이야기는 절대 아니다. 사실 스팍스 선생님은 살짝 눈을 찡그리는 것만으로도 떠들썩한 교실 전체를 순식간에 조용히 시킬 수 있는 능력이 있는 교사다.

브랜던이 책상에서 내려오자 스팍스 선생님이 말했다.

"고마워, 브랜던. 아주 강렬한 연설이었어요. 이제 자리에 앉으렴."

브랜던이 자리에 앉았다. 안드레도 앉았다.

"프란신? 이번에는 프란신 이야기를 들어 볼까?"

프란신 할라타는 책상 위에 올라가지 않았다. 프란신은 책상 위에 올라가거나 하는 아이가 아니다. 대신 자리에서 일어나 천천히 동료 부원들을 향했다. 그러고는 금발 한 가닥을 귀 뒤로 넘기며 말했다.

"제가 다음 학기 뉴스 앵커 자리를 꼭 맡고 싶습니다."

프란신은 올해 초부터 뉴스 앵커를 하고 싶어 했다. 프란신에겐 그 자리가 방송부에서 가장 탐나는 자리였다. 하지만 투표 결과로 알리시아 핼러데이에게 앵커 자리가 돌아갔을 때 프란신은 불평하지 않았다. 그저 자기가 맡은 방송 촬영기사 일을 더 열심히 해서 봄 학기에는 모두가 자기에게 표를 던지게 해야겠다고 생각했다.

"나중에 제가 유명한 동물 조련사가 돼서 제 TV쇼를 진행하려면 연습이 필요하기 때문입니다."

프란신이 그렇게 말하며 제일 친한 친구인 나탈리 페레스 쪽을 보자 나탈리는 잘하고 있다는 뜻으로 고개를 끄덕여 보였다.

"제 생각엔 제가 그 일을 잘 해낼 수 있을 것 같습니다. 전 지금까지 하루도 방송부를 빼먹은 적이 없거든요. 항상 시간을 잘 지키고, 어떤 때는 방과 후에 남아 스팍스 선생님이 장비 옮기시는 것을 돕기도 했습니다."

그때 브랜던이 안드레에게 입 모양으로 뭐라고 말했다. 입 모양이 '아부쟁이'라고 한 것 같았지만 프란신은 계속 말을 이었다.

"그러니 저를 뽑아 주세요. 고맙습니다."

프란신이 자리에 앉았다.

"고마워, 프란신."

스팍스 선생님이 말했다. 브랜던이 토하는 것 같은 소리를 냈다. 안드레도 같은 소리를 냈다.

"루이스? 왜 뉴스 앵커가 되고 싶은지 말해 주겠니?"

루이스가 고개를 저으며 말했다.

"제가 되고 싶은 게 아니고요."

"그럼 왜 손들었어?"

알리시아가 물었다.

"추천하고 싶은 사람이 있어서."

루이스가 설명했다.

"그래?"

스팍스 선생님이 책상에 몸을 기댔다. 선생님 책상 위에선 빨강 머리에 우스꽝스러운 파랑 모자를 쓴 장난감 새가 연신 부리를 유리잔 속에 담그며 물을 마시고 있었다.

"예, 저는 캔자스를 후보로 추천하고 싶습니다."

여기까지 대화가 진행되는 동안 캔자스 블룸은 팔에 머리를 괴고 편히 앉아 있었다. 캔자스는 누가 뉴스 앵커가 되든 아무 관심 없었다. 캔자스 생각에 아침 7시 5분이라는 시간은 어떤 종류의 일을 하기에도 너무 이른 시간이었다. 정작 학교 수업은 8시 5분에야 시작되니 말이다. 캔자스는 방송부에 가장 최근에 들어온 신입이었다. 바로 전 주에 가족과 함께 이곳 캘리포니아 주 바스토우로 이사 와서 오덴 초등학교에 전학을 왔기 때문이다. 게다가 아직은 딱히 방송부가 좋은 것도 아니었다.

"하지만……."

캔자스가 말문을 열었다.

루이스가 캔자스 말을 끊었다.

"캔자스는 신입이잖아요. 앵커를 맡으면 학교에 적응하는 데 도움이 될 거예요. 게다가 읽는 걸 아주 잘하고, 진짜 친절해요."

루이스가 손가락으로 추천 이유를 꼽으며 설명했다.

"엄청 귀엽기도 해!"

엠마가 그렇게 외치고는 바로 손으로 입을 막으며 킥킥 웃었다.

캔자스의 얼굴이 홍당무처럼 빨개졌다.

"귀엽긴 하지."

알리시아가 나탈리에게 속삭이자 나탈리도 크게 고개를 끄덕였다.

프란신은 얼굴을 찌푸렸다. 인생에는 귀여운 남자애들보다 더 중요한 것이 많지 않은가.

"하지만……."

캔자스가 다시 운을 뗐다. 캔자스가 방송부에 가입한 건 순전히 여동생 탓이었다. 그 애가 미술부를 하겠다고 애걸복걸하는 통에 엄마가 캔자스도 어딘가 들어가서 둘이 함께 아침 첫 통학 버스를 타고 가야 한다고 했기 때문이다. 물론 캔자스도 제발 아무것도 하지 않게 해 달라고 애걸복걸해 봤다. 결론은 자신은 여섯 살짜리 동생에 비해 애걸복걸하는 재주가 떨어진다는 것이었다.

"전 뉴스 앵커를 할 생각이 없는데요."

브랜던이 비아냥거렸다.

"너무 잘나서서 앵커 같은 건 못 하겠다는 건가?"

"그러게. 자기가 그렇게 잘났나?"

안드레가 거들었다.

"아니, 난 그냥……."

캔자스가 조심스럽게 말을 이었다.

"그럼 넌 뭘 하고 싶은데?"

브랜던이 물었다.

"그러게. 앵커보다 좋은 게 뭔데?"

안드레가 또 거들었다.

캔자스가 진짜로 하고 싶은 건 오리건 주로 돌아가는 것이었다. 자기가 있어야 할 곳은 거기니까. 세상에서 가장 친한 친구인 리키와 윌이 기다리고 있는 곳. 방송부 따위는 아예 없는 곳.

브랜던과 안드레가 대답을 기다리며 캔자스를 노려보았다. 다른 아이들도 모두 답을 기다리는 듯했다.

캔자스는 "나는……" 하고 입을 열었다가 다시 닫아 버렸다. 어쩌다 이런 논쟁에 휘말린 건지 도무지 알 수 없었다.

"나는…… 잘 모르겠어. 음, 우리 동네에서는 친구들이랑 담력 대결 같은 걸 하곤 했었는데……."

엠마의 귀가 쫑긋했다.

"담력 대결?"

"응. 담력 대결."

캔자스는 방송부에 관한 것 말고 다른 이야기를 할 수 있는 게 반가웠다.

"어떤 종류의 담력 대결?"

나탈리가 갈색 곱슬머리 한 가닥을 손가락에 빙빙 감으며 물었다.

프란신이 씩씩거리며 말했다.

"누가 앵커를 할지 얘기하던 거 아니었나."

하지만 아무도 그 말을 못 들은 듯했다.

캔자스가 나탈리를 향해 말했다.

"진짜 센 담력 대결. 내 친구 리키랑 윌이랑 맨날 했었어. 자전거에 거꾸로 앉아서 뒷바퀴로 가는 거라든가, 으깬 바나나를 섞은 칠리 고추를 먹는다든가."

"이야아아아."

엠마가 말했다. 말을 하면서 약간 정신이 아찔해졌는지 '이야아아아'의 마지막 부분은 한숨을 쉬는 것처럼 들렸다.

"그거 진짜 대단하다."

알리시아가 동의한다는 듯 고개를 끄덕였고 머리를 꼬는 나탈리의 손이 점점 더 빨라졌다.

프란신은 다시 한번 씩씩거렸다.

"퍽이나 그런 걸 했겠다."

브랜던이 캔자스에게 말했다.

"그러게. 퍽이나."

안드레도 거들었다.

"진짜 했어. 그냥 한 정도가 아니라 거의 날마다 했어. 리키랑 윌은 나를 담력왕이라고 불렀다고. 난 그 어떤 도전도 받아들이지 않은 적이 없었거든."

스팍스 선생님이 손뼉을 치자 그제야 부원들이 정신을 차렸다. 다들 선생님이 거기 있었다는 걸 거의 잊고 있었다.

"이야기가 빗나간 것 같군요. 우리는 새 뉴스 앵커를 누가 할지 정하고 있었어요. 그렇죠?"

방송부원 여덟 명 모두가 고개를 끄덕였다.

"그럼, 혹시 더 추천할 후보가 있나요?"

여덟 명 모두 고개를 저었다.

"좋아요. 그럼 투표를 할 차례예요. 모두 고개를 숙이고 자기가 찍고 싶은 후보 이름에 손을 드는 거예요."

모두가 침묵 속에서 비밀리에 표를 던졌다.

투표가 끝나고 스팍스 선생님이 눈을 떠도 된다고 말했다.

칠판에는 세 사람의 이름과 표수가 적혀 있었다.

브랜던: 2

프란신: 3

캔자스: 3

아이들이 투표 결과를 확인하는 동안 스팍스 선생님이 말했다.

"자, 동점이 나왔군요. 프란신과 캔자스, 둘이 같이 앵커를 할 생각이 있니? 공동 앵커도 새롭고 괜찮을 것 같은데."

프란신은 공동 앵커를 할 생각이 없었다. 노력을 그만큼 했으니 앵커 자리는 당연히 자기 것이어야 했다. 일부가 아니라 전부. 프란신은 눈을 가늘게 뜨고 알리시아, 엠마, 마지막으로 나탈리를 바라봤다. 셋 다 항상 친구라고 생각했는데. 그중 하나가 캔자스에게 표를 던진 게 분명했다.

그런데 대체 누가?

캔자스 역시 일을 함께 하고 싶지 않았다. 매일 아침 전교생 앞에서 바보가 되기 위해 방송부에 들어온 게 아니었다.

"도마뱀을 핥는 게 차라리 낫겠어."

캔자스가 혼잣말로 낮게 중얼거렸다.

"그래? 그럼 한번 해 보시지?"

브랜던이 눈을 가늘게 뜨며 말했다.

캔자스가 고개를 번쩍 들었다.

브랜던의 얼굴에 천천히 미소가 번져 나갔다. 그다지 우호적인 미소는 아니었다. 그 애가 말했다.

"너에게 담력 대결을 신청한다."

"뭐?"

캔자스가 말했다.

"뭐?"

나머지 아이들이 소리쳤다.

브랜던의 미소에 깃든 악의가 한층 더 짙어졌다.

"동점이니까 승부를 정해야 할 거 같아서 말이야."

목소리는 친근했지만, 브랜던을 몇 년이나 알고 지내 온 프란신에겐 뱀처럼 음흉한 기운이 느껴졌다.

"너랑 프란신, 담력 대결로 결정하는 게 어때? 맨날 했다면서. 더 많이 임무에 성공하는 쪽이 이기는 걸로."

"그래. 더 많이 성공하는 쪽이 이기는 걸로."

안드레가 거들었다.

나머지 부원 여섯 명의 얼굴이 일제히 스파크스 선생님 쪽을 향했다. 선생님은 칠판에 적힌 이름을 지우고 있었다. 선생님이 칠판을 다 지우고 몸을 돌릴 때까지 아이들은 선생님만 쳐다보았다. 선생님은 잠시 생각에 잠겼다가 칠판지우개를 내려놓으며 말했다.

"다른 학생들에게 절대 방해가 되지 않고 학교 규칙을 어기지 않는다면, 모두가 동의하는 방법으로 문제를 해결해도 좋아요."

모두의 눈, 전부 해서 열여섯 개의 눈동자가 앞으로 벌어질 일들을 생각하느라 쟁반만큼 커졌다.

"누가 앵커가 될지 겨울 방학 전까지만 알려 주도록."

스팍스 선생님은 아이들을 남겨 두고 책상으로 걸어갔다.

바로 그렇게 해서 전쟁이 시작된 것이었다.

첫 번째 쉬는 시간이 끝나기 전, 캔자스는 벌써 첫 임무를 성공적으로 완수했다. 도마뱀(노랗고 미끈거리고 얼룩투성이의 징그러운 녀석이었다!)을 들고, 꺼끌꺼끌한 비늘로 덮인 배를 핥은 것이다. 캔자스라고 딱히 도마뱀을 핥고 싶었던 건 아니다. 그렇지만 이제까지 한 번도 담력 대결을 거절한 적이 없는데 이제 와서 그 기록을 깰 수는 없었다.

점심시간엔 프란신도 임무 하나를 해냈다. 숟가락 포크를 코끝에 얹은 채 15분 동안 떨어뜨리지 않고 버틴 것이다. 거뜬히. 프란신도 딱히 그걸 코에 올려놓고 싶었던 건 아니었지만, 지난 석 달 동안 뉴스 앵커 자리를 그렇게 탐냈는데 이제 와서 놓칠 순 없었다.

규칙은 루이스가 정했다.

한 사람이 하루에 하나씩 임무를 수행한다.

어떤 임무를 수행할지는 방송부의 투표로 결정한다.

임무를 수행하면 1점, 수행하지 못하면 0점.

점수는 스팍스 선생님 교실 칠판에 적어 놓는다. 캔자스의 점수는 오른쪽 맨 위 구석, 프란신의 점수는 왼쪽 맨 위 구석.

선생님은 점수에 대해 아무 말도 하지 않았지만, 그날 수업이 끝나고 칠판을 지울 때 구석에 있는 작은 숫자, 즉 캔자스 1, 프란신 1은 지우지 않았다.

앞으로 겨울 방학이 시작되기 전까지 학교에 오는 날은 3주간의 등교 일수에서 하루가 모자라는 14일. 담력 대결을 할 날도 14일밖에 남지 않았다. 대부분의 사람들은 겨우 14일 동안 소동을 피우면 얼마나 피우겠느냐고 생각할 것이다.

그건 대부분의 사람들이 프란신과 캔자스가 어떤 아이들인지 모르기 때문이다.

1.

남자 팬티

1대 2

목요일 아침, 스팍스 선생님의 교실 칠판 양 모서리에 두 숫자가 쓰여 있었다. 프란신은 손가락으로 책상을 두드리며 숫자를 쳐다보고 있었다. 방송부 모임이 정식으로 시작되기를 기다리는 중이었다. 캔자스가 교실에 들어오기를 기다리고도 있었다. 어쩜 이렇게 느려 터졌는지!

1대 2

전쟁을 시작한 지 이틀밖에 지나지 않았는데 프란신이 벌써 뒤처지고 있었다. 어제 임무는 두 번째 쉬는 시간 내내 정글짐에 거꾸로 매달려 있는 것이었다. 프란신은 한 11분쯤 지났을 때 피가 머리로 몰리면서 어지럽다 싶더니 철퍼덕, 소리와 함께 잔디에 얼굴을 박았다. 머리가 깨질 듯 아팠다. 캔자스는 자기

몫의 담력 임무를 문제없이 해냈다. 쉬는 시간에 운동장을 감독하는 듀프레 선생님에게 과학 숙제 때문에 선생님의 겨드랑이 냄새를 맡아야 한다고 하는 임무였다. 그래서 캔자스가 2대 1로 앞서고 있는 것이다. 그렇다고 캔자스가 프란신 자신보다 뉴스 앵커 자격이 더 있는 걸까? 물론 전혀 그렇지 않다.

그렇지 않다는 걸 증명하면 된다.

"프란신? 푸딩 좀 먹을래?"

나탈리가 옆구리를 찌르며 말을 걸었다.

프란신은 옆 책상에 앉은 친구를 바라보았다. 나탈리가 도시락 가방에서 푸딩 컵을 꺼내 내밀었다.

"아직 점심시간 안 됐는걸."

프란신이 말했다. 프란신의 엄마는 맛있는 음식은 원칙적으로 싫어했다. 그래서 늘 나탈리가 자기 몫을 프란신에게 나누어 준다. 초콜릿 푸딩을 싸오는 날은 특히 신 나는 날이다.

"그걸 지금 먹으면 점심때는 잠두콩 샐러드밖에 먹을 게 없어."

"먹어 둬. 너, 지금 상태가 이거라도 먹어야 할 것처럼 보여."

나탈리가 프란신의 코밑에 푸딩 컵을 들이밀었다. 그리고 도시락 가방에서 플라스틱 숟가락도 꺼내 주었다.

"고마워."

프란신이 푸딩 컵과 플라스틱 숟가락을 받으며 말했다. 플라스틱 숟가락이 특히 고마웠다. 나탈리의 엄마는 도시락 가방에 제대로 된 숟가락과 포크를 넣어 주지만, 초콜릿 푸딩 날엔 나탈리가 프란신을 위해 플라스틱 숟가락을 몰래 담아 온다. 초콜릿 푸딩은 금속 숟가락보다 플라스틱 숟가락으로 먹어야 천배 더 맛있다는 게 프란신의 지론이다. 왜 다른 사람들은 플라스틱 숟가락으로 초콜릿 푸딩을 먹지 않는지 모를 일이었다.

프란신은 푸딩 컵의 호일 뚜껑을 벗기고 거기 묻은 초콜릿을 핥았다. 혀끝에서 초콜릿이 스르르 녹았다. 부드럽고 고소하고 완벽한 맛. 이 순간 프란신에게 딱 필요한 것이었다.

"내가 좀 안절부절못했나 봐."

그렇게 말하는 프란신의 눈이 책상 위에 놓인 가방을 향했다. 거기에는 비밀 무기가 들어 있었다. 캔자스 블룸을 확실히 무찌를 수 있는 비밀 무기.

하지만…… 실패하면?

"정말로 할 거야?"

나탈리가 물었다. 나탈리의 눈도 프란신의 가방에 가 있었다.

프란신은 초콜릿 푸딩을 한입 꿀꺽 삼키고는 최대한 자신 있는 목소리로 말했다.

"당연하지."

"흐음."

나탈리가 도시락 가방을 닫는 것과 동시에 캔자스가 교실에 들어섰다.

"행운을 빌게."

나탈리는 일어서서 교실 한쪽에 책상을 모아 놓고 그날 신문을 보고 있는 아이들에게 갔다.

"고마워."

프란신은 마지막 남은 초콜릿 푸딩을 싹싹 긁어 먹었다. 하지만 진정한 승자에게 행운 따위는 필요하지 않다는 걸 프란신은 잘 알고 있었다. 진정한 승자에게 필요한 건 용기였다.

프란신은 스팍스 선생님이 교실 저편에서 책상 서랍을 뒤지며 뭘 찾는 데 몰두하고 있는 걸 확인하고 방송부원들에게 다가갔다. 적당히 헝클어진 머리에 볼이 발그레한 캔자스는 멋지고 차분해 보였다. 어딜 보나 자칭 담력왕에 걸맞은 모습이었다. 그러나 프란신은 본때를 보여 줄 참이었다. 제아무리 담력왕이라도 프란신이 준비해 온 임무를 해낼 순 없으리라.

프란신은 숨을 크게 들이쉬며 마음을 단단히 먹은 뒤 아이들이 모인 책상 한가운데에 가방을 털썩 내려놨다.

"그게 뭐야?"

루이스가 물었다.

"캔자스가 해내야 하는 새 임무."

프란신은 아주 살짝 미소를 지으며 말했다. 그리고 모두가 지켜보는 가운데 천천히 가방을 연 다음, 지우개가 달린 연필 끝으로 비밀 무기를 꺼내 모두가 볼 수 있게 쳐들었다.

흰색 남자 팬티였다. 그것도 새것이 아니라 입었던 흔적이 있는.

엠마가 작게 비명을 질렀다. 루이스는 눈이 쟁반만 해지더니 입술을 동그랗게 모으며 "우우와아아!" 했다. 안드레는 콧방귀를 뀌고 캔자스의 등을 딱 치며 "이런, 이런."을 연발했다.

캔자스는 아무 말도 하지 않았다.

"누구 거냐?"

브랜던이 물었다. 프란신은 잠시 망설였다. 이 교실에서 그게 누구 건지 아는 사람이 자기 말고 또 한 사람 있다면 바로 브랜던 킹이었다. 어제 체육 시간에 캔자스가 옷을 갈아입는 사이에 남자 탈의실에서 그걸 훔친 장본인이 바로 브랜던이니까. 프란신은 브랜던에게 5달러나 주고 그 일을 부탁했었다. 사실은 애초에 이 임무를 생각해 낸 것도 브랜던이었다. 어쩌면 브랜던은 이런 식으로 완전히 모르는 척해서 자기가 팬티 도둑이라는 사실을 아무도 모르게 감추려는 건지도 몰랐다.

프란신은 더 꼿꼿이 서서 연필에 걸린 팬티를 시계추처럼 흔들었다.

"직접 확인해 보시지."

프란신은 팔꿈치를 괴고 앉아 있는 캔자스 앞에 팬티를 떨어뜨렸다. 팬티 허리 밴드에 쓰인 이름이 똑똑히 보이도록 신경 쓴 건 물론이었다.

'캔자스 블룸'이라는 글자가 유성펜으로 또박또박 쓰여 있었다.

엠마가 다시 꺅 하고 비명을 질렀다. 그 소리가 너무 커서 스팍스 선생님이 무슨 일인가 하고 책상에서 고개를 들었다. 알리시아가 얼른 머리를 써서 신문을 활짝 펴 들며 큰 소리로 말했다.

"그리스의 파업 사태 말이야, 정말 심각한가 봐!"

스팍스 선생님은 다시 서랍 뒤지는 일로 돌아갔다.

루이스가 팬티를 자세히 살펴보더니 캔자스에게 물었다.

"넌 팬티에도 이름을 쓰냐?"

캔자스는 자기 왼쪽 팔꿈치에서 5센티미터쯤 떨어진 곳에 놓여 있는 팬티를 필사적으로 못 본 척하고 있었다. 그러더니 이윽고 고개를 들어 프란신과 눈을 맞추며 말했다.

"아니, 안 쓰는데."

브랜던이 코웃음을 쳤다.

"그럼 엄마가 써 주시나 보지?"

"이번 임무는 뭐야?"

알리시아가 팬티를 더 자세히 보려고 신문을 구겨 치우면서 물었다.

'바로 이거야.' 하고 프란신은 생각했다. 이제 캔자스가 "좋아. 포기. 내가 졌어."라고 할 것이고, 자신은 전쟁에 이겨 공식적으로 방송부의 봄 학기 앵커가 될 것이다. 사실 처음부터 그렇게 되는 것이 당연했다.

"네 임무를 알려 줄게."

프란신은 흥분에 차서 속이 울렁거리는 것을 느끼며 말했다.

적군을 물리치고 승리를 손에 넣기 직전에 장군들이 느끼는 기분이 이런 것일까.

"네 임무는 네 팬티를 깃대 꼭대기에 매다는 거야."

방송부 아이들이 놀란 숨을 들이켰다.

"와아, 세다."

알리시아가 말했고, 루이스가 나섰다.

"그걸 공식 임무로 정하려면 투표를 해야지. 다들 찬성이야?"

당연히 모두 찬성이었다.

프란신은 캔자스 쪽으로 고개를 돌렸다. 두 손을 들고 항복하는 바로 그 순간을 놓치고 싶지 않았다.

그런데 캔자스는 항복하지 않았다. 오히려 한 치의 동요도 없이 책상 위에 놓인 팬티를 집어 들고 말했다.

"지금 하면 돼?"

"잠깐, 진짜로 하겠다는 거야?"

"당연히 해야지. 말했잖아. 난 지금까지 단 한 번도 담력 대결을 거절한 적이 없다고. 난 담력왕이거든."

캔자스가 눈을 위로 굴리며 대답했다. 프란신이 내놓은 임무쯤은 아무것도 아니라는 듯이. 아니, 프란신쯤은 아무것도 아니라는 듯이.

캔자스가 의자를 뒤로 밀었다. 리놀륨 바닥에 의자 다리가 긁히면서 끼익하는 듣기 싫은 소리가 났다. 캔자스는 팬티를 뒷주머니에 쑤셔 넣고 교실을 가로질러 갔다. 도중에 프란신의 어깨를 툭 치고 지나갔다. 어쩌다 그런 걸 수도 있겠지만 프란신은 그게 어쩌다 그런 게 아니라는 것을 잘 알았다.

캔자스가 문을 닫고 나가자 나탈리가 숨죽인 소리로 말했다.

"설마, 진짜 하려는 걸까? 정말 용감하다."

프란신은 나탈리를 향해 눈을 찌푸렸다.

"아, 그러니까, 물론 네가 이길 거지만."

나탈리는 그렇게 말하며 프란신에게 팔을 내밀었다. 프란신은 아주 잠깐 망설이다 나탈리와 팔짱을 끼고 함께 창문 쪽으로 갔다. 깃대가 잘 보이는 자리를 차지하려고 다들 벌써 창문 주변에 모여 있었다.

깃대는 학교 건물 바로 앞에 있었다. 깃대 옆에 설치된 대형 알림판에 '내일은 애교심 함양의 날입니다. 녹색과 흰색 옷을 입고 등교합시다!'라는 알림 사항이 쓰여 있었다. 듀프레 선생님은 매일 아침 학교가 시작하기 직전에 성조기를 게양한다(그때가 방송부의 아침 활동이 끝날 즈음이라 프란신은 듀프레 선생님이 국기를 올리는 모습을 몇 번인가 보았다). 깃대는 아직 텅 빈 채 우뚝 서 있었다. 마치 깃발이 올라오기를 기다리는 배의 돛대처럼. 1분이 지나고, 2분이 지났다.

'캔자스는 절대 못할 거야. 절대로.'

프란신은 평소처럼 숨 쉬려고 애를 썼다.

"우리 오늘 오후엔 뭐 할까? 또 기니피그 훈련시킬까?"

캔자스의 헝클어진 머리가 학교 현관 앞에 나타나길 기다리며 나탈리가 물었다.

"음……."

나탈리는 목요일마다 프란신 집에 놀러 왔다. 나탈리 아빠는 늦게까지 일하고 엄마는 도예 수업에 가는 날이기 때문이다. 프란신네 집에 오지 않으면 마벨 고모할머니 댁에 가 있어야 한다. 나탈리 말에 따르면 마벨 할머니는 텔레비전 앞에서 자는 것 말고는 하는 일이 거의 없다고 한다. 나탈리는 유치원 때부터 매주 목요일이면 프란신네 집에 왔다. 그래서 프란신만큼이나 프란신네 집을 잘 안다. 유리잔이 어느 찬장에 들어 있는지, 다용도실 문이 빡빡할 때 어떻게 여는지도 알고, 아래층 화장실 수도꼭지의 찬물과 더운물 표시가 거꾸로 되어 있는 것도 안다.

지난주 목요일은 예외였다. 나탈리가 독감에 걸렸기 때문이다. 또, 그 전 목요일은 추수감사절이어서 예외였다. 프란신의 엄마 아빠가 으깬 감자와 오크라 요리를 먹다가 이혼을 선언한 것이 바로 그 추수감사절 목요일이었다.

프란신은 그 엄청난 이야기를 나탈리에게 털어놓으려고 계속 생각하고 있었지만, 좀처럼 기회가 나지 않았다. 게다가 나탈리가 프란신 엄마 아빠의 이혼 소식을 듣는다면 그 순간 완전히 혼을 빼며 "세상에, 프란신, 너 진짜 힘들겠다!" 하며 울고불고 난리를 칠 게 뻔했다. 계속 그 이야기만 하면서 말이다. 프란신에겐 그다지 내키지 않는 일이었다.

"으음, 그래. 삼손 훈련시키자."

어쩌면 나탈리가 차에 타기 전에 얼른 먼저 타서 엄마에게 아무것도 말하지 말라고 할 수도 있었다. 아무 문제 없이 장밋빛으로 행복한 것처럼, 아빠가 집에 없는 건 그냥 카드 게임 하러 잠깐 나가서인 것처럼 할 수도 있었다.

"삼촌이 이제는 장애물 코스를 상당히 잘해. 저번에는 뒤로 가는 실수를 두 번밖에 하지 않았다니까."

그때 옆에 있던 엠마가 갑자기 목을 세우고 꽥꽥거렸다.

"저기 나온 것 같아!"

"그럴 리가."

브랜던은 그렇게 말하면서도 다른 아이들처럼 창문에 붙어 한껏 밖을 내다보았다.

"정말이야. 바로 저기 있잖아."

엠마가 손가락으로 가리키며 말했다.

"저건 쓰레기통이야."

알리시아가 말했다.

"아, 그렇구나."

"얘들아, 갠 이번 임무 못 해내."

프란신은 아이들에게 그렇게 말했다. 하지만 다른 아이들과 마찬가지로 프란신도 잔뜩 숨을 죽이고 기다렸다.

2.
분홍색 체리 연필

2 대 1

방송부 교실 칠판 양 모서리에 쓰여 있는 숫자 두 개다. 흰색 남자 팬티, 그것도 누가 입은 흔적이 있는 팬티를 주머니에 넣고 교실을 나서는 캔자스 눈에 마지막으로 들어온 것도 그 숫자였다. 캔자스가 2 대 1로 앞서고 있었다. 당연히 앞으로도 계속 앞설 것이었다. 담력왕은 그냥 되는 게 아니다.

복도는 텅 비어 있었다. 수업이 시작되기 전 아침 시간이면 항상 그렇듯이. 건물 현관을 향하는 캔자스의 발소리가 텅 빈 벽에 부딪혀 메아리로 돌아왔다. 뚜벅, 뚜벅, 뚜벅. 창문 밖으로 텅 빈 깃대가 보였다.

그때 갑자기 캔자스는 가던 발걸음을 뚝 멈췄다.

프란신은 분명히 이렇게 말했었다.

"네가 해야 할 임무는 네 팬티를 깃대 꼭대기에 매다는 거야."

그런데 프란신이 준 건 캔자스의 팬티가 아니었다. 그건 보자마자 알았다. 첫째, 자존심이 있는 4학년 남자아이라면 절대로 엄마가 자기 팬티에 이름을 쓰게 놔두지 않으니까! 둘째, 누가 뭐래도 그건 캔자스의 팬티가 아니었다. 프란신이 캔자스를 골리려고 자기 남동생 팬티를 훔치고 거기다 캔자스 이름을 쓴 게 분명했다. 프란신이 준 팬티를 깃대에 매다는 건 전혀 어렵지 않았지만, 프란신은 분명히 '이' 팬티가 아니라 '네' 팬티라고 했다.

프란신이 슬쩍 속임수를 써서 캔자스에게 점수를 내주지 않으려고 한 것이다. 그런 함정에 빠질 캔자스가 아니었다. 프란신이 '네' 팬티를 깃대에 매달라고 했으니 깃대에 올라갈 팬티는 캔자스의 팬티여야 했다. 캔자스는 이제까지 담력 대결에서 진 적이 한 번도 없었다.

그걸 증명할 사진들도 있다. 지금까지 리키, 윌과 했던 담력 대결은 하나도 빠짐없이 사진으로 찍어서 침대 머리맡에 붙여 두었다.

캔자스는 재빨리 걸음을 돌려 남자 화장실로 들어갔다. 아무도 없는 걸 확인한 뒤 가장 안쪽 칸에 들어가 문을 잠갔다. 1분도 지나지 않아 캔자스는 남자 팬티 두 개를 주머니에 넣고 화장실에서 나왔다. 바지 속은 완전히 맨 궁둥이였다. 그리 편하진 않았지만 남의 팬티를 입는 건 더 싫었다.

캔자스가 임무를 수행하기 전에 찾아야 할 것이 하나 더 있었다. 그런데 그것이 먼저 캔자스를 찾아왔다.

"오빠아아! 여기서 뭐 해?"

캔자스는 몸을 획 돌렸다. 복도 끝 도서실 옆에 여동생 지니가 서 있었다. 뒤로 두 갈래로 나눠 묶은 머리는 양쪽 높이가 달랐고, 아직도 발레리나 옷을 입고 있었다. 지니는 은색 반짝이가 붙은 그 하얀 발레복을 꼭 입고 등교 버스를 타겠다고 고집을 부렸다. 학교에 도착하면 벗게 되기를 그렇게 바랐건만.

"안 그래도 널 찾고 있었어."

캔자스는 급히 동생 쪽으로 걸어가며 대답했다.

"넌 여기서 뭐 해?"

"도서실에 가려고."

빨간색 공책과 체리 모양 지우개가 달린 굵은 분홍색 연필을 들고 지니가 말했다.

"기관지 천식의 '관'을 어떻게 쓰는지 찾아봐야 하거든."

"고에다 ㅏ, 그리고 ㄴ받침이야."

그렇게 말하고 캔자스는 잠시 멈췄다.

"그건 왜 찾아봐야 하는데?"

"선생님께 편지 쓰려고."

지니는 공책을 벽에다 대고 글씨를 쓸 준비를 하면서 대답했다. 연필에 달린 체리가 대롱거렸다.

"체육 시간에 달리기에서 빠지게 해 달라는 편지를 엄마가 깜빡 잊고 안 써 줬어. 그래서 내가 쓰려고. 관이 고에다 ㅏ, 그리고 ㄴ받침이랬지?"

"엄마가 안 써 줬다고? 네 가방에 들어 있는 건 아니고?"

지니는 늘 편지를 달고 다녔다. 천식이 아주 심한 건 아니지만 그것 때문에 오래 달리지 못했다. 또 땅콩에는 심한 알레르기가 있다. 아주 조금만 먹어도 병원에 실려 가게 된다.

"없어! 나도 뒤져 봤어. 그리고 목이 날아가기 전에는 엄마 직장에 절대 전화하지 말랬잖아."

"아주 중요한 일이 있을 때만 전화하라는 뜻이겠지."

"어차피 전화번호도 잊어버렸어. 오빠는 알아?"

캔자스는 눈을 찌푸렸다.

"아니."

"어쨌든 괜찮아."

지니는 공책에 계속 뭔가를 쓰면서 말했다.

"이걸 내면 돼. 꽤 잘 썼지, 그치?"

지니는 벽에 대고 쓰던 공책을 캔자스 코앞에 획 내밀었다.

선생님께

지니는 ~~카간자~~ ~~카광자~~ 기관지 천식이 있어서 체육 시간에 못 달려요. 이것은 전에 지니가 잊어 먹고 못 드린 편지입니다.

엄마

"음, 지니야, 선생님이 이걸 보고 엄마가 썼다고 믿겠어?"

지니가 얼굴을 찌푸렸다.

"뭐가 이상한데?"

"꼭 네가 발로 쓴 것 같잖아."

지니는 캔자스 손에서 공책을 채 가더니 눈 깜짝할 사이에 글을 적은 쪽을 뜯어 바닥에 내던지고 자기도 바닥에 몸을 내던졌다. 양팔에 얼굴을 파묻은 지니를 반짝이는 하얀색 발레복이 구름처럼 감쌌다.

"선생님한테 그냥 말씀드려."

캔자스는 조심스럽게 말했다. 지니는 금방이라도 울음을 터뜨릴 것만 같았다. 지니가 우는 건 정말 싫었다. 훌쩍훌쩍, 꺽꺽하는 소리를 내면 모두가 하던 일을 멈추고 지니를 안아 줬다. 게다가 울음을 그치려면 몇 시간이나 걸릴지 모르니 보통 짜증나는 일이 아니었다.

"그럼 오빠가 선생님께 말씀드릴까? 선생님한테……."

"맞다!"

지니가 신이 나서 두 눈을 빛내며 말했다.

"뭐가?"

"아빠한테 전화하면 돼! 아빠가 골드블라트 선생님께 말해 주면 되잖아."

지니가 벌떡 일어나며 말했다.

"얼른 교무실에 가야겠어."

캔자스는 지니의 발레복을 붙잡고 동생을 뒤로 끌어당겼다.

"야, 지니야!"

"이거 놔!"

빠져나가려고 몸부림치는 지니를 붙잡고 캔자스가 말했다.

"아빠한테 전화하면 안 돼."

"왜 안 돼?"

지니가 팔다리를 버둥대며 물었다. 동생의 소동에 캔자스는 걱정이 되기 시작했다. 혹시라도 지나가던 선생님이 보고 각자 반으로 돌아가라고 하면 깃대에 가서 담력 임무를 수행할 기회가 사라져 버린다.

"왜 전화하면 안 되는지 이유를 하나만 대 봐."

왜냐고?

캔자스는 생각했다.

왜냐면 네가 지난 3주 동안 거의 날마다 아빠한테 전화했잖아. 그런데도 아빠는 한 번도 전화를 받지 않았잖아. 왜냐면 마지막으로 전화했을 때 이제 이 전화번호는 없는 번호라는 안내가 나왔잖아. 왜냐면 전화를 걸 때마다 네가 너무 속상해서 간질이기 장난을 두 시간은 해야 겨우 널 달랠 수 있었잖아. 왜냐면 아빠가 진짜 우리 목소리를 듣고 싶었으면 애초에 그렇게 훌쩍 사라지지 않았을 거잖아.

"왜냐면 말이야……."

캔자스는 동생을 바라보며 한숨을 푹 쉬었다. 머릿속에 떠오르는 말은 하나도 할 수 없었다. 지니는 이제 여섯 살이었다. 겨우 여섯 살! 캔자스는 고개를 저으며 천천히 지니의 공책을 받아 들었다.

"내가 편지를 써 주면 되니까."

캔자스는 새 페이지를 펴서 손으로 한 번 쓱 문지르며 어떻게 쓸지 생각해 보았다.

지니가 손뼉을 치며 말했다.

"이야, 좋은 생각이야!"

지니가 체리 모양 지우개가 달린 연필을 건넸다.

"고마워, 캔자스 오빠. 오빤 정말 똑똑해."

빈 종이를 들여다보며 곰곰이 생각하던 캔자스는 무엇을 쓸지 떠올리고 편지를 써 내려갔다.

늘 늦게까지 일하는 엄마, 거의 늘 행방이 묘연한 아빠를 두면 좋은 게 하나 있다. 편지 위조 솜씨가 좋아진다는 것이다. C를 받은 받아쓰기 시험지에 부모님 서명을 받아야 한다고? 엄마가 급히 출근하느라 학부모 동의서에 서명하는 걸 잊었다고? 이 캔자스에게 맡겨 보시라. 완벽하게 흉내 낼 줄 아니까. '수지'의 약간 기울여 쓰는 'ㅅ'부터 '블룸'의 뾰족한 'ㅁ' 받침까지 완벽하게.

편지를 다 쓰고 익숙한 솜씨로 엄마 이름을 서명한 다음 캔자스는 지니에게 살펴보라고 했다.

골드블라트 선생님께

제 딸 버지니아 블룸은 기관지 천식을 앓고 있으므로 앞으로 체육 시간 달리기에 참가할 수 없을 듯합니다.

진심으로 감사드리며

수지 블룸 드림

캔자스는 '진심으로 감사드리며' 부분이 특히 자랑스러웠다. 1년 전쯤 언젠가 써먹을 데가 있겠다 싶어 외워 둔 표현이었다.

"완벽해!"

지니가 편지를 품에 안으며 외쳤다.

"고마워, 캔자스 오빠!"

그러면서 지니는 캔자스 볼에 침을 잔뜩 묻히며 뽀뽀를 했다.

캔자스는 볼을 닦으며 말했다.

"고맙긴."

캔자스는 체리 지우개가 달린 분홍색 연필을 돌려주며 이렇게 덧붙였다.

"자, 이제 네가 이 오빠를 도울 차례야."

3.

비디오 카메라

브랜던과 알리시아가 창문 하나를 열어 두었다. 달콤하고 상쾌한 이른 아침 공기에 프란신이 정말 좋아하는 12월 초겨울 냄새가 가득한 바람이 들어와 얼굴을 훑고 지나갔다. 프란신이 방송부 아이들과 함께 창문 옆에 서서 기다린 지 3분이 지나고 4분이 다 되어 갔다. 캔자스는 아직도 깃대 근처에 모습을 드러내지 않았다.

시간만 똑딱똑딱 흘러갔다.

"겁묵고 포기한 걸까?"

엠마가 창밖을 더 멀리 내다보려고 까치발로 서서 물었다.

"뭐라고?"

루이스가 물었다.

"겁먹고, 라고 한 거야."

알리시아가 설명했다.

"아하."

프란신은 다시 한번 시계를 봤다.

"대체 어디 있는 걸까?"

나탈리가 물었다.

"너무 겁이 나서 기절했는지도 모르지. 지금쯤 양호실에 누워 있을지도 몰라. 담력왕 좋아하시네! 하룻강아지 주제에."

브랜던이 코웃음을 치며 창문을 등지고 섰다.

"그러게. 하룻강아지 주제에."

안드레도 돌아서면서 거들었다.

프란신은 그 말에 웃음이 나오려는 것을 꾹 참으며 자기가 이겼을 때 우쭐해하지 않기로 마음먹었다. 예의 바르게 악수를 청하고 열심히 했다고 칭찬해 주리라 생각했다.

"종이 울릴 때까지 시간을 주자. 그때까지 걔 팬티가 깃대에 안 올라가면 점수를 못 받는 거야. 모두 동의하지?"

루이스 말에 다들 그러자고 하곤 다시 창문 밖을 지켜봤다.

"여기, 무슨 일 있나요?"

일곱 개의 머리가 뒤를 돌아봤다. 스팍스 선생님이 팔짱을 끼고 서 있었다.

"다들 뭔가 바쁜 일이 있는 것 같은데? 방송부 활동에 방해되는 일이라도 생긴 건가요?"

그렇게 말하는 선생님 얼굴에 웃음기가 서려 있었다.

아이들은 모두 하던 말을 멈추고 몸을 돌렸다. 일제히 서로 옆구리를 찌르고 흠흠 목을 가다듬으며 아무 일 없다는 듯이 행동하는 품이, 프란신이 보기엔 꼭 한창 은행을 털다 잡힌 범죄자들 같았다.

"아, 아무 일도 없어요. 일기예보가 맞는지 확인하는 중이에요."

알리시아가 재빨리 말했다.

스팍스 선생님은 다 안다는 듯이 고개를 끄덕였다.

"그랬군요. 그럼 예보대로 흐린 날씨라는 걸 확인했으면 이제 오늘 방송을 준비해야 하지 않을까요? 종이 울릴 때까지 30분밖에 남지 않았는데. 프란신, 카메라에 연장선 연결하는 것 좀 도와주겠니?"

그것으로 상황은 종료됐다. 다들 매일 아침 하는 자기 임무로 돌아갔다. 하지만 열려 있는 창문은 그대로 두었다. 프란신은 창문 밖 깃대로 자꾸 눈길을 주는 것이 자기 혼자만이 아니라는 걸 느꼈다. 깃대는 흔들림 없이, 아무것도 달지 않은 채 꼿꼿이 서 있었다.

프란신은 주황색 연장선을 풀고 선에 걸려 넘어지는 일이 없게 두꺼운 회색 매트를 덮으며 나탈리에게 재빨리 귓속말을 건넸다.

"캔자스는 절대 못 해낼 거야."

프란신은 시간이 지날수록 점점 더 자신이 생겼다.

"만약 걔가 이걸 해낸다 하더라도 난리가 날걸. 그럼 절대 뉴스 앵커가 될 수 없겠지. 와인모어 선생님이 걔를 방송부에서 쫓아낼 거야."

오덴 초등학교 교장인 와인모어 선생님은 엄한 벌을 내리기로 악명이 높았다.

나탈리가 얼굴을 찌푸렸다.

"그럼 너에게도 난리가 나지 않을까? 그 임무를 준 사람이 너라는 걸 와인모어 선생님이 알게 되면?"

프란신은 연장선의 매듭을 확 잡아당기며 말했다.

"그럴 리 없어. 게다가 이건 애초에 브랜던이 하자고 한 거지 내가 아니야."

"그래도 조심해. 잘못하면 너희 둘 다 쫓겨날지도 몰라. 그럼 앵커는 누가 해?"

나탈리는 말을 끝내고 알리시아를 도우러 교실 저쪽으로 갔다. 프란신은 다시 한번 창밖을 슬쩍 확인했다. 캔자스도, 팬티도 아직 보이지 않았다.

남은 방송부 활동 시간은 여느 때처럼 금방 지나갔다. 촬영 담당인 프란신이 보관함에서 카메라를 꺼내 교실 앞쪽에 설치하고 모든 사항을 점검하는 동안 다른 부원들도 각자 맡은 일을 했다. 이렇게 준비한 무대의 주인공은 단연 가을 학기 뉴스 앵커인 알리시아였다.

알리시아는 물 먹는 빨간 새가 있는 스팍스 선생님 책상의 커다란 회전의자에 떡하니 앉아 아침 뉴스를 훑어보고, 헤어 및

의상 담당인 나탈리가 이따금 휴지로 알리시아의 얼굴을 톡톡 닦아 주면서 카메라 앞에 설 준비가 됐는지 점검한다.

뉴스 편집을 맡은 브랜던은 매일 아침 알리시아가 읽는 모든 뉴스의 순서를 정하고, 중복되는 것은 지우고, 마지막 순간에 들어오는 소식이 있으면 추가한다. 최신 소식은 루이스와 캔자스 담당으로, 두 사람은 종이 울리기 전까지 각 교실을 뛰어다니며 선생님들이 주는 새 소식을 모아 온다.

앞으로 남은 시간은 15분.

프란신의 오른편에서 무언가가 엄청난 소리를 냈다. 엠마가 조명 스탠드를 넘어뜨린 것이었다. 엠마는 특수 효과 담당인데, 프란신이 알기로는 모든 플러그가 벽에 제대로 꽂혀 있는지 확인만 하면 되는 일이었다. 그리 어려운 일도 아니건만 엠마는 그 일을 아주 어렵게 하는 재주가 있었다.

"맙소사! 전구 하나가 깨졌어!"

조명 담당인 안드레가 외쳤다.

스팍스 선생님이 총총 다가와 어질러진 것을 함께 치우고 차분한 목소리로 말했다.

"안드레, 폴슨 선생님께 가서 연극부에 남은 전구가 있으면 하나 빌릴 수 있는지 여쭤 보렴."

안드레가 엠마를 째려보며 교실에서 뛰어나갔다.

프란신은 카메라 뒤에 자리를 잡고 마음을 가라앉히려고 노력했다. 바로 이때가 프란신이 방송부 활동에서 제일 좋아하는 시간이었다. 반 친구들이 모두 등교해서 각자 자리에 앉아 몇 분 후 종이 울릴 때까지 가만히 있는 이 시간. 종이 울리면 학교 전체가 조용해진다. 모든 것이 잠잠해지고, 프란신의 카메라의 도움을 받아 전교에 뉴스를 알리는 알리시아의 목소리만 들려온다.

프란신이 그 따뜻하고 상쾌한 기쁨에 몸을 맡기고 있을 때, 이제 8분만 있으면 종이 칠 그때, 꽥 하는 엠마의 비명이 들려왔다.

"뭐야? 또 뭘 깬 거냐?"

브랜던이 물었다.

엠마는 대답 없이, 한 손으론 자기 입을 막고 다른 한 손으론 창문 밖을 가리키고 있었다.

스팍스 선생님 책상 앞에 서 있던 프란신은 눈을 가늘게 떠야만 했지만, 그게 뭔지 확실히 알 수 있었다.

깃대 앞에 서서 사진이라도 찍는 것처럼 바보같이 히죽거리고 있는 캔자스, 그리고 그 위로 깃대 꼭대기에 매달려 12월 바람에 흔들거리고 있는 작고 하얀 물체.

프란신은 지금까지 팬티를 보고 이렇게 낙담한 적이 없었다.

4. 애매한 사진

“찍어!”

캔자스가 지니에게 외쳤다. 지니는 대형 알림판 앞에 서서 “내일은 애교심 함양의 날입니다. 녹색과 흰색 옷을 입고 등교합시다!”라는 알림을 가리고 있었다. 그래서 지니의 발레복 양옆으로 보이는 글자는 “내일은 애교 …… 합시다!”뿐이었다.

일단 운동장으로 나온 뒤엔 깃대에 팬티를 매다는 일도 그리 어렵지 않았다. 깃대에 아직 아무것도 달려 있지 않았기 때문에 캔자스는 밧줄에 팬티를 달고 감아올리기만 하면 되었다.

정작 어려운 부분은 누가 보기 전에 지니를 시켜 사진을 찍는 일이었다. 캔자스가 오덴 초등학교의 교칙을 읽어 본 적은 없지만, 깃대 높이 팬티를 매다는 게 올바른 행동으로 여겨지지 않으리라는 건 짐작하고도 남는 일이었다.

"거기 그 큰 단추를 누르면 돼!"

캔자스가 외쳤다.

지니가 대단한 사진가는 아니었지만, 윌과 리키는 오리건에 있으니 지니밖에 도와줄 사람이 없었다. 어제의 임무 사진도 지니가 찍어 주었다. 듀프레 선생님을 찾아가서 과학 숙제 때문에 선생님의 겨드랑이 냄새를 맡아야 한다고 말하는 임무 말이다. 그 사진은 괜찮게 나온 편이었다. 그나저나 화요일에 도마뱀의 배를 핥은 임무를 사진으로 남기지 못한 게 캔자스로서는 너무나 안타까운 일이었다. 지금까지 해낸 임무 중 제일 역겨운 것이었으니까. 그래도 집에 돌아와 지니의 도움으로 뒷마당에서 그 장면을 다시 연출하고 도마뱀을 핥는 척하며 사진을 찍긴 했다. 원래 상황과는 좀 다르게 나왔지만 캔자스 방의 '담력 대결의 전당'에 붙이기엔 충분했다. 리키와 윌이 이메일을 확인하는 순간 얼마나 놀랄지 상상하기만 해도 즐거웠다. 이제 기회를 놓칠 일은 없었다. 아빠가 준 값싼 디지털카메라를 뒷주머니에 넣고 다니니까.

지니가 사진을 찍었다.

캔자스는 그길로 지니를 다시 미술부에 데려다 주었다. 미술부 교실의 시계를 보니 종이 울리기까지 12분이 남았다. 벌써 아이들이 삼삼오오 복도로 들어오기 시작했다. 여기저기에서 '깃대'니 '팬티'니 하는 소리가 들려왔다.

캔자스는 방송부로 돌아가다가 앞의 앞 교실에서 루이스가 종이 한 다발을 들고 나오는 것을 발견했다.

"캔자스!"

루이스가 발걸음을 멈추고 부르는 바람에 캔자스는 같이 걸어가면서 이야기를 나누어야만 했다.

"어, 그래."

캔자스는 자기를 뉴스 앵커로 추천한 루이스에게 아직 앙금이 좀 남아 있었다.

루이스가 씩 웃으며 말했다.

"이번 임무도 해낸 거야?"

그 말엔 캔자스도 씩 웃을 수밖에 없었다. 복도를 걸으며 뒷주머니에서 디지털카메라를 꺼내 들고 카메라를 켠 캔자스의 얼굴에서 이내 미소가 사라졌다.

"이런! 지니가 내 머리통을 잘라 버렸어!"

카메라를 코앞에 대고 자세히 살펴봤지만, 보이는 건 깃대 앞에 뾰족뾰족 솟은 캔자스의 머리카락뿐이었다.

루이스가 몸을 기울여 사진을 보고 말했다.

"그래도 팬티는 나왔네. 그게 제일 중요하잖아."

"그렇긴 하지."

캔자스가 마지못해 말했다. 사진 전체가 초점이 안 맞아 흐릿해 보였다.

"사진 찍어 줄 사람이 필요하면 나한테 말해. 올여름에 사진 특강을 들었거든. 내일 내 카메라 가져올게. 왜, 필름을 넣는 구식 카메라인데, 알지?"

"그래. 고마워. 그거 재미있겠다."

아직도 그런 걸 쓰는 사람들이 있나 하면서 캔자스가 말했다.

"고맙긴."

루이스가 들고 있던 종이를 뒤적였다. 선생님들에게 받은 뉴스거리였다.

"캔자스, 겨울 방학 때 어디 갈 계획 있어?"

"응. 리키랑 윌이랑 캠핑 갈 거야. 리키네 아빠랑 매년 가거든. 글레니안으로 한 사흘쯤. 암벽 등반도 하고, 산악자전거도 타고. 리키네 개도 와. 무지 춥긴 한데 진짜 재밌어."

캔자스는 카메라를 뒷주머니에 도로 넣으려고 했지만, 팬티 때문에 잘 들어가지 않았다. 그래서 앞주머니에 넣었다.

"그건 왜 물어?"

루이스가 어깨를 으쓱했다.

"별거 아냐. 내 생일파티를 하거든. 네가 어디 안 가면 초대하려고 했지. 마블 파티야."

"마블?"

"응. 마블 코믹스 알지? 스파이더맨, 엑스맨, 헐크 그런 거."

"아하. 가고 싶은데 아쉽다."

재미있을 것 같긴 했지만, 캠핑만큼은 아니었다.

이윽고 둘이 스팍스 선생님 교실에 들어가려는 찰나, 캔자스 뒤쪽에서 누군가 몸을 부딪혀 왔다. 캔자스가 뒤를 돌아보니 안드레 잭슨이 전구 상자를 들고 있었다.

"야, 좀 똑바로 보고 다녀."

안드레가 그 말을 할 때 빙글빙글 웃는 걸로 봐서 캔자스는 안드레가 일부러 부딪친 게 틀림없다고 생각했다. 캔자스는 고개를 저으며 43H 교실 문을 열었다.

사실 캔자스는 교실에 들어가면 그 가짜 캔자스 블룸 팬티를 꺼내 프란신의 얼굴에 들이밀면서 "내가 그렇게 쉽게 속아 넘어갈 줄 알았냐, 프란신!" 하며 프란신에게 직접 칠판에 점수를 적게 할 생각이었다.

그런데 그렇게 하지 않았다. 두 가지 이유에서였다.

첫째 이유는 프란신 할라타가 벌써 칠판 앞에 서서 캔자스의 점수를 2점에서 3점으로 바꾸고 있었기 때문이다.

둘째 이유는 문제의 팬티(허리 밴드에 캔자스 블룸이라고 쓰여 있는 그 팬티)가 주머니에 들어 있지 않았기 때문이다.

깃대와 교실 사이 어딘가에 그 팬티를 흘린 것이다.

도서실의 딱딱한 나무 의자에 앉아서 캔자스는 다시 한번 엉덩이를 꼼지락거렸다. 원래도 편한 의자는 아니지만, 의자와 엉덩이 사이에 얇은 면바지밖에 없다는 게 문제였다. 종일 이러다간 엉덩이 피부가 왕창 쓸릴 텐데. 하지만 그런 것도 다 담력왕으로서 치러야 하는 대가였다.

캔자스는 숨을 멈추고 이메일에 로그인했다. 그런 다음 푸우

하고 숨을 내뱉었다. 드디어 윌의 편지가 와 있었다.

보내는이: Tiger44

받는이: ksrocks

안녕, 친구! 사진 잘 봤음. 근데 리키는 도마뱀이 진짜가 아닌 것 같다고 함. 그래도 새 학교가 마음에 쏙 들었다니 다행.

리키가 너 대신 캠핑 갈 친구를 찾았음. 마크 H. 기억함?

네가 이사 가서 엄청 아쉬움.

보고 싶다! 또 봐.

윌.

캔자스는 가슴이 무너지는 것 같았다. 마크 H.라는 녀석과 캠핑을 간다고? 리키랑 윌은 캔자스에게 같이 가겠느냐고 묻지도 않았다. 이사를 갔다고 해서 이제 캠핑도 안 좋아하는 애가 된 것처럼.

바보가 된 기분이었다. 리키에게 올해도 함께 캠핑 가고 싶다고 말했어야 했다. 자기도 가고 싶다는 걸 확실히 알렸어야 했다. 그래도 그렇지, 물어보지도 않다니.

캔자스는 메신저에 로그인했다. 리키나 윌이 접속해 있으면 잘 말해 볼 생각이었다. 이 방법이 이메일보다 빠를 테고. 캔자스는 아이디 'kansas_the_champ'를 입력하고 '친구' 박스를 열었다. 리키도 윌도 접속해 있지 않았다. 점심 먹을 시간인 듯했다. 새로 사귄 절친 마크 H. 녀석과 함께 어울리면서 말이다.

"안녕, 캔자스!"

캔자스는 깜짝 놀라 자리에서 튀어 올랐다. 브랜던이 의자 등받이에 기대서서 어깨 너머로 컴퓨터 화면을 들여다보고 있었다. 그 옆에 안드레도 캔자스의 어깨 너머를 보고 있었다.

"아, 안녕."

캔자스는 얼른 마우스를 움직여 이메일과 메신저에서 로그아웃을 하고 의자에서 몸을 돌리며 물었다.

"무슨 일이야?"

"네가 어디로 사라졌나 했다. 점심시간에 도서관에서 뭐 하냐?"

브랜던이 물었다.

"그러게. 도서관에서 뭐 하냐?"

안드레가 거들었다.

캔자스는 어깨를 으쓱했다.

"이메일 확인하느라."

"우리가 프란신한테 내놓을 새로운 임무를 생각해 냈거든. 그래서 널 찾아다녔어. 모두 동의했어. 너만 빼고. 다들 진짜 엄청나다고 했어."

"진짜 엄청나."

안드레가 또 거들었다.

"대체 뭔데?"

"남자 화장실에 들어가서 벽에다 '프란신 왔다 감'이라고 쓰고 나오는 거야."

캔자스가 물었다.

"그러다 누구에게 들키면 난리가 나지 않을까?"

"난리 나겠지. 하지만 너도 그 깃대 임무 하다가 걸렸으면 혼났을 거 아냐. 그렇다고 프란신이 언제 네 걱정 했냐? 어때, 찬성이야 뭐야?"

"그러게. 찬성이야 뭐야?"

캔자스는 잠시 생각해 보고 말했다.

"좋아, 찬성."

"그렇지! 점심시간 끝나기 전에 하라고 해야지. 너도 같이 가자."

브랜던은 문으로 걸어가면서 도서실 사서 선생님 책상에 놓인 굵은 검정 유성펜을 슬쩍 집어 들었다. 안드레가 그 뒤를 바짝 따라갔다.

안드레의 바지 뒷주머니가 불룩한 게 꼭 팬티를 구겨 넣은 것처럼 보였지만, 확실하진 않았다. 뭔가 글자가 쓰인 허리 밴드 부분이 슬쩍 삐져나온 것도 같았다. 하지만 캔자스는 아무 말도 하지 않았다. 하긴 뭐라고 할 말도 없었다. "야, 안드레! 네 주머니에 내 이름 써진 팬티 들어 있냐?" 그렇게 물을 수는 없으니 말이다.

캔자스는 아무 말 없이 브랜던과 안드레를 따라 도서실을 나와 프란신을 찾아 나섰다.

5.

검정 유성펜

프란신은 한번도 그런 생각을 구체적으로 해 본 적은 없지만, 생각해 보았더라도, 남자 화장실 냄새가 여자 화장실 냄새와 그다지 다르지 않을 것이라고 짐작했을 것이다. 비누와 청소용 세제 냄새, 그리고 여느 화장실에서 나는 약간의 악취 정도라고.

그런데 결코 그렇지 않았다. 남자 화장실에서는 아빠가 운동한 뒤에 벗어 놓은 양말에 코를 박고 있는 듯한 냄새가 났다. 문이 조금 열려 있어서 복도에까지 냄새가 진동했다.

캔자스가 모든 칸의 문 밑으로 발이 없는지 확인하고 프란신에게 아무도 없다는 신호를 주었다. 안드레가 열린 문을 잡아주며 유성펜을 건넸다. 브랜던이 사악한 미소를 지으며 말했다.

"행운을 빈다."

그게 진심이 아니라는 걸 프란신은 잘 알고 있었다.

"걱정하지 마. 누가 오면 내가 문을 두드릴 테니까 숨어."

나탈리가 안심시켜 주었다.

"고마워."

프란신은 침을 꿀꺽 삼키며 말했다. 정말이지 남자애들이 오줌 싸는 걸 목격하고 싶지는 않았다. 화장실로 들어간 프란신은 문을 꼭 닫았다.

펜 뚜껑을 열고 메시지를 쓸 자리를 찾았다. 너무 눈에 잘 띄는 곳은 피해야 했다. 관리인 아저씨가 보면 문제가 생길 테니까.

어느 수도꼭지에선가 물이 똑똑 떨어지고 있었다.

세면대 아래 타일 벽에 쓰기로 하고 프란신은 쪼그리고 앉아서 녹슨 파이프 밑에 머리를 디밀고 메시지를 쓰기 시작했다.

프란신 왔다 감

마지막 글자를 쓰고 있을 때였다.

쿵, 쿵, 쿵.

나탈리가 문을 두드리고 있었다!

프란신은 일어서다가 쿵, 하고 세면대에 머리를 부딪히고 "아야!" 하고 비명을 질렀다가 이내 손으로 입을 틀어막았다. 엄살이나 부리고 있을 때가 아니었다.

프란신은 펜을 쓰레기통에 던져 넣고 입구에서 가장 먼 벽 쪽 칸으로 뛰어 들어가서 문을 잠갔다. 그러고는 변기 가장자리를 밟고 올라서서 문 위로 머리가 보이지 않게 머리를 숙였다. 화장실 문이 끼익 하고 열리는 소리가 들렸다. 누군지는 모르겠지만 소변만 보고 빨리 나가 주기만을 기도했다. 이런 끔찍한 곳에서는 한순간도 더 있고 싶지 않았다.

화장실에 들어온 사람은 오줌을 누는 대신 이렇게 소리쳤다.

"프란신 할라타!"

프란신의 다리가 후들거리기 시작했다. 문 저편에서 들려오는 소리를 잘못 들을 사람은 없었다. 바로 와인모어 선생님의 목소리였다. 불도그처럼 무서운 오덴 초등학교 교장 선생님.

"프란신 할라타!"

프란신은 배신자 캔자스가 자기를 속였다는 것을 깨달았다. 자기가 남자 화장실에 들어서자마자 브랜던, 안드레와 함께 교장실로 뛰어간 게 틀림없다. 처음부터 그럴 계획이었던 것이다.

"여기 있는 것 알고 있어요, 할라타 양!"

프란신은 쥐 죽은 듯 가만있으면 괜찮을지도 모른다고 생각했다. 모습을 들키지만 않으면 자신이 남자 화장실에 있는지 없는지 와인모어 선생님도 확신하지 못할 테니까. 의심은 가더라도 절대 증명할 수 없을 것이다.

덜컹! 입구에서 가장 가까운 칸이 열렸다. 덜커덩! 그다음 문도 열렸다. 와인모어 선생님은 문을 한 칸 한 칸 열면서 프란신이 있는 칸으로 다가오고 있었다. 덜커덩! 덜컹!

"할라타 양! 당장 나오세요!"

프란신이 숨어 있는 칸의 문이 흔들리기 시작했다. 문틀에 걸린 빗장이 큰 소리를 냈다. 변기를 밟고 서 있는 프란신의 다리가 더 심하게 떨렸다. 머리가 너무 지끈거려 금방이라도 뇌가 터져 나올 것 같았다. 그래도 아무 소리도 내지 않고 가만히 버텼다. 와인모어 선생님이 저 문을 아무리 흔들어 대도 절대로 나가지 않을 참이었다. 필요하다면 밤새 그 속에 숨어 있을 생각이었다. 한 주 내내라도. 와인모어 선생님도 언젠가는 집에 가야 하니까 그때까지 그냥…….

철퍽!

무슨 일이 벌어졌는지 알아차리기도 전에 다리가 꺾이면서 프란신은 화장실 바닥에 떨어져 한쪽 발을 변기 물에 발목까지 담근 채 천장을 보고 있었다.

그것보다 더 당황스러운 것은 문 밑으로 프란신을 노려보고 있는 와인모어 선생님의 홍당무처럼 빨개진 얼굴이었다.

"아, 저, 안녕하세요, 와인모어 선생님."

프란신은 최대한 아무렇지도 않게 말했다. 마치 자기는 원래 매일 변기에 발을 담그며 논다는 듯이. 프란신은 양말이 젖어 드는 것을 느꼈다.

"이런 데서 뵈니까 더 반갑네요."

와인모어 선생님은 이 상황을 조금도 재미있어 하는 것 같지 않았다.

6.
물받이 통

프란신이 남자 화장실에 들어가자마자 브랜던은 복도를 내달렸다. 계속 시계를 보며 시간을 확인하는 안드레 얼굴은 꼭 크리스마스 아침, 선물을 열기 전의 지니처럼 신이 나 보였다.

캔자스는 남자 화장실 문 앞에서 서성거리는 게 뭐 그리 대단한 일인지 이해할 수 없었다. 프란신이 안에 들어간 지 20초밖에 지나지 않았는데 벌써 지루해지기 시작했다.

안드레가 캔자스에게 몸을 기울이더니 나탈리 쪽으로 머리를 까닥이며 속삭였다.

“야, 브랜던을 도와주지 않아도 될까? 와인모어 선생님이 교장실에 안 계시면 어떡하지?”

“뭐?”

캔자스는 안드레가 무슨 말을 하는지 알 수 없었다. 캔자스의 머릿속은 마크 H.라는 녀석, 그리고 리키 아빠가 녀석에게 산악자전거를 몰게 해 줄지 등등을 생각하느라 바빴기 때문이다. 아마도 그렇게 되겠지. 어쩌면 마크 H.라는 녀석은 산악자전거를 엄청 잘 몰지도 모르고.

"내가 가서 도와줘야겠어. 넌 여기서 기다려. 브랜던이 다시 올지도 모르니까."

안드레가 다시 시계를 보며 말했다.

"걔가 어딜 갔다 온다는 거야?"

캔자스가 물었지만 안드레는 벌써 복도 저만큼 달리고 있었다.

"야, 캔자스, 저기 저 발레복 입은 멍청이 좀 봐라!"

안드레가 갑자기 웃으며 돌아보더니 복도를 내달리며 손가락질을 해 보였다.

발레복?

캔자스는 눈을 가늘게 떴다. 아니나 다를까, 복도 저 끝에 지니가 자기 반 교실 밖에 앉아 있었다. 발레복 차림으로. 그런데 울고 있는 것이 아닌가.

"쟤 내 동생이야."

캔자스는 뛰어서 안드레를 지나치며 말했다.

"멍청이 아니야!"

사실 지니가 멍청이인 건 맞다고, 캔자스는 뛰면서 생각했다. 하루의 95 퍼센트 정도는 그랬다. 그렇다 해도 그런 생각은 지니의 오빠인 캔자스만 할 수 있었다.

"지니!"

캔자스는 지니에게 다가가며 이름을 불렀다. 지니는 힘없이 벽에 기대앉아 발레복에 파묻혀 있었다. 이름을 불러도 쳐다보지 않고, 두 손에 얼굴을 묻고 있었다. 캔자스는 제발 아기처럼 굴지 말라고 하고 싶었다. 이렇게 복도 한복판에서 구경거리를 만들면 둘 다 바보처럼 보일 거라고 말하고 싶었다. 그냥 동생을 발레복째로 확 들어다가 1학년 교실에 던져 넣고 싶었다.

하지만 지니가 울고 있었다.

캔자스는 주변을 둘러보고 누구 아는 사람이 보고 있지 않은지 확인한 다음 지니 옆에 쭈그리고 앉았다.

"무슨 일 있었어?"

지니가 발레복에 파묻었던 얼굴을 들었다. 코에서 작은 콧물 방울들이 흘러나왔다.

"진짜가 아니라는 거야."

"뭐가 진짜가 아니라고 누가 그랬는데?"

지니가 작게 훌쩍이며 말했다.

"편지. 골드블라트 선생님이 그게 엄마가 쓴 게 아니라고 그러시는 거야."

"그게 다야?"

캔자스는 동생에게 팔을 두르고 한 번 꼭 안아 주었다.

"지니야, 걱정할 거 없어. 오빠가 해결해 줄게. 알았지?"

지니네 교실 문 옆에 양동이가 하나 있었다. 천장에서 떨어지는 구정물을 받는 통이었다.

"오빠가 가서 선생님에게 이야기할게. 엄마가 늘 직장에 계셔서 시간이 안……."

"아니이이이!"

지니가 울부짖었다.

"그게 아니고……."

지니가 숨을 크게 들이켜기 시작했다. 한 번에 아주 많이씩 들이켜는 걸 보니 2초 안에 저 천장에서 새는 물보다 더 많은 물이 터져 나올 기세였다. 당장 달래지 않으면 발레복을 입은 눈물 제조기가 될 참이었다.

"엄마 이름 때문에 알았다고 하셨어."

"그게 무슨 말이야?"

캔자스는 누가 자기들을 보고 있나 잽싸게 확인하며 물었다. 체육관 쪽에서 나온 3학년 아이들 몇이 이쪽을 쳐다보았지만 아직까진 괜찮은 듯했다. 안드레는 어디론가 사라져 버렸지만 거기까지 신경 쓸 겨를이 없었다. 지니가 다시 울부짖기 시작했기 때문이다.

"엄마 이름을 오빠가 수지 블룸이라고 썼잖아."

지니는 물받이 통에 물이 떨어지는 것과 박자를 맞춰 훌쩍이며 말했다. 훌쩍-똑-훌쩍-똑.

"그럼 수지 블룸이라고 쓰지 뭐라고 써?"

"골드블라트 선생님이 엄마가 이제는 결혼 전에 쓰던 이름을 다시 쓴다고 하셨어. 이제는 엄마가 수지 치버래."

훌쩍-똑.

"뭐? 치버?"

"응. 그게 아빠랑 결혼하기 전 엄마 성이잖아."

"나도 알아. 그런데 그 말…… 진짜야?"

지니가 다시 발레복에 얼굴을 묻고 울기 시작했다.

"그게 정말일까, 오빠?"

지니가 발레복 주름 사이로 한쪽 눈을 내밀며 물었다.

훌쩍-똑.

캔자스가 한숨을 쉬며 말했다.

"아무래도 진짜인 것 같다."

훌쩍-똑.

"하지만 그러면…… 오빠?"

"왜?"

"그러면 우리도 성을 치버로 바꿔야 하는 거야?"

"으응?"

캔자스도 거기까지는 생각해 보지 않았다.

"치버-찌버. 치버-치타. 치버-치즈버거. 웨엑. 난 싫어."

"나도 싫어. 하지만 우리가 바꾸기 싫으면 안 바꿔도 될 거야."

"다행이다."

"이제 교실로 돌아가야지."

"골드블라트 선생님이 나한테 나가 있으랬어. 내가 너무 흥분했다면서."

지니가 손등으로 눈물을 닦으며 말했다.

"골드블라트 선생님 엉터리."

캔자스의 말에 지니가 키득거렸다.

"자, 일어나자. 그 편지는 내가 선생님께 설명할게. 알았지?"

캔자스는 벌떡 일어나서 손을 내밀어 지니를 일으켰다.

"알았어. 그런데…… 오빠?"

캔자스는 지니네 교실 문을 잡은 채 한숨을 쉬었다.

"왜?"

지니는 몸의 중심을 오른발에 줬다 왼발에 줬다 하며 망설였다.

"아빠는 다시 돌아오는 거지? 그렇지?"

지니가 캔자스를 올려다보았다.

캔자스는 눈을 껌벅였다.

캔자스가 확실히 아는 것은 그렇게 많지 않았다. 지리 과목은 젬병이었고, 나눗셈을 할 때마다 골머리를 앓았고, 철자법은 목숨을 내놓으라 해도 잘 되지가 않았다. 그런데 캔자스가 하늘에 맹세할 정도로 확실히 아는 게 있다면 그건 바로 아빠가 다시는 돌아오지 않으리라는 것이었다. 아빠는 전에도 이렇게 떠난 적이 있었다. 캔자스가 지니 나이였던 3년 전 일이다. 그때 캔자스는 한 달 내내 아빠가 집에 돌아오기를 기도하고 기다리고 또 기다리고 기도했다. 아빠는 절대로 돌아오지 않을 거라고 엄마가 수십억 번쯤 이야기했는데도 말이다. 하지만 그때는 캔자스가 바라던 대로 아빠가 돌아왔다. 지니가 아파서 병원에 달려갔다가 지니에게 땅콩 알레르기가 있다는 걸 알게 된 날이었다. 아빠도 곧 병원으로 달려왔다. 그때 캔자스는 기적이라도 일어난 것 같았다.

이제는 캔자스도 그때 아빠가 집에 돌아온 게 기적이 아니라는 걸 잘 알았다. 차라리 끝내 집에 돌아오지 않았다면 그게 기적이었을 것이다. 이제는 모든 것이 전보다 나아질 것이다. 엄마가 정식으로 이혼 절차를 밟고 있고, 다 정리하고 있으니까. 캔자스는 엄마가 그레이스 이모와 통화하는 것을 들었다. 그때 캔자스는 아빠가 다시는 집에 돌아오지 않으리라는 걸 확실히 알게 됐다. 그리고 그 편이 훨씬 잘된 일이라는 것도. 그렇지만 그걸 여섯 살짜리 동생에게 어떻게 설명하면 좋을까.

"나도 몰라."

마침내 캔자스가 대답했다.

지니는 살며시 오빠 손을 잡으며 미소 지었다.

"걱정 마, 캔자스 오빠. 아빠는 집에 돌아올 거야."

그러고는 문을 열고 교실로 돌아갔다. 마치 아무 일도 없었다는 듯이 해맑은 얼굴을 하고서.

7.

또 하나의 남자 팬티

프란신은 교장실 책상 앞의 딱딱한 나무 의자에 앉아 축축한 양말 속의 발가락을 꼼지락거리고 있었다. 와인모어 선생님은 아빠가 맨날 보는 경찰 드라마에 나오는 경찰처럼 두꺼운 안경테 너머로 프란신을 노려보고 있었다. 프란신이 모든 걸 순순히 털어놓기를 기다리는 것이었다. 하지만 프란신이 보기엔 좀 웃기는 상황이었다. 남자 화장실에서 한쪽 발을 변기에 담근 채 누워 있는 모습을 들켰는데 무슨 할 말이 더 있겠는가.

"이제 교실로 돌아가도 되나요?"

종이 울린 지 5분이나 지났는데 프란신은 아직도 여기에 앉아 있었다.

"아직 안 돼요."

"아."

와인모어 선생님은 두 볼을 홀쭉하게 하고서 프란신을 찬찬히 들여다보았다. 그러더니 입고 있는 복숭아색 재킷에서 보풀을 떼어 냈다. 엄마가 봤으면 그 재킷은 선생님의 피부색과 어울리지 않는다고 했겠지만 프란신은 그런 이야기는 안 하는 게 낫겠다고 판단했다.

프란신은 책상 위쪽에 걸린 시계가 째깍째깍 1분이 지나도록 기다렸다. 2분도 지났다.

"이제는 교실로 돌아가도 되나요?"

와인모어 선생님이 얼굴을 찌푸렸고 프란신은 안 된다는 뜻으로 받아들였다.

"할라타 양."

와인모어 선생님이 마침내 입을 열었다. 그 말 뒤로 선생님이 너무 크게 숨을 들이마셔서 프란신은 선생님이 이 자리에 앉은 뒤 처음으로 숨을 쉰 건가 했다. 선생님은 깊게 들이쉰 숨을 다시 다 내뱉은 후 말했다.

"할라타 양."

"어어…… 네?"

선생님은 대답이 없었다. 프란신은 다시 시계만 쳐다보았다. 어쩌면 이게 자기가 받아야 하는 벌인가 싶었다. 딱딱한 나무 의자에 앉아 세상이 끝날 때까지 시계를 쳐다보는 벌. 그렇다면 꽤 혹독한 벌이었다.

"할라타 양, 솔직히 말해 난 학생의 행동에 대해 우려를 금할 수가 없어요."

마침내 선생님이 말을 시작했다. 선생님은 팔꿈치를 책상에 괴고 프란신을 더 자세히 들여다보려고 몸을 앞으로 기울였다.

"무척 신경이 쓰인답니다."

"으음, 신경이 쓰이신다고요?"

"그래요. 신경이 쓰여요. 오덴 초등학교는 유치원 때부터 다녔지요, 할라타 양? 5년이나 됐어요. 그동안 할라타 양과 난 서로를 상당히 잘 알게 됐지요. 우리가 서로 상당히 잘 알게 됐다고 생각하지 않나요?"

"으음……."

이건 뭔가 함정이 있는 질문일까? 선생님이 제일 좋아하는 색깔을 아느냐고 물어보시려나? 그걸 못 맞추면 어떻게 되는 걸까? 프란신은 대답했다.

"음, 네. 저도 그렇게 생각해요."

"나도 그렇게 생각해요. 바로 그래서 오늘 오후 할라타 양의 행동이 할라타 양답지 않다고 생각하는 거예요. 내가 지금까지 알아 온 할라타 양하고 너무 달라요. 그래서 무슨 다른 일이 있는 게 아닌가 하는 생각이 든답니다."

와인모어 선생님은 생각에 잠겨 코끝을 찡긋거렸다.

프란신은 가슴이 철렁했다. 심장이 발끝까지 떨어지는 것 같았다.

"으음, 무슨 다른…… 일요?"

와인모어 선생님이 턱 밑에 두 손을 괴고 말했다.

“그래요. 추수감사절 휴일 다음부터 행동이 달라졌어요. 아닌가요? 그리고 난 그 이유를 알 것 같은데.”

프란신은 털끝 하나 움직이지 않았다.

프란신은 목덜미가 빨개지는 걸 느꼈다. 엄마 아빠가 이혼을 한다고 해도 그건 와인모어 선생님과는 전혀 상관없는 일이다.

“그 이야긴 하고 싶지 않은데요.”

프란신은 투덜거리듯 내뱉었다.

와인모어 선생님이 고개를 끄덕였다.

“음, 이야기하고 싶지 않을 수 있어요. 하지만 함께 이야기해 보면 좋지 않을까? 할라타 양만 그런 일을 겪는 게 아니에요.”

“정말로…… 저만 겪는 게 아니에요?”

엄마 아빠가 이혼하는 경우가 많다는 이야기를 프란신도 듣긴 했지만, 실제로 아는 애들 중에는 없었다.

“아니고말고요. 교장으로 일하다 보면 그런 경우를 숱하게 봐요. 그리고 그건 전혀 걱정할 일이 아니에요. 할라타 양 나이의 소녀에겐 너무도 자연스러운 일이에요.”

프란신은 눈썹을 치올렸고 와인모어 선생님은 말을 이었다.

“중요한 것은 자기 자신을 잊지 않는 거예요. 사랑에 빠졌다고 해서 자신이 누구인지 잊으면 안 되는 거랍니다.”

프란신은 하마터면 의자에서 떨어질 뻔했다가 간신히 되물었다.

"사랑에 빠져요?"

와인모어 선생님이 또 고개를 끄덕였다.

"반했다고 할 수도 있고, 끌린다고 할 수도 있고, 풋사랑이라고 할 수도 있지요. 난 그런 모습을 수천 번이나 봐 왔어요. 어떤 남학생에게 반한 여학생이 그 아이에게 사랑받고 싶은 나머지 자기 자신을 잊어버리는 것이지요."

선생님은 코에 걸린 안경을 고쳐 쓰며 말을 이었다.

"하지만 그건 별 승산이 없는 게임이에요. 그만두는 편이 낫답니다."

프란신은 와인모어 선생님이 정신이 나갔다고 확신했다.

"하, 하지만 전 그런 게…… 아니, 제가 누구를……?"

프란신은 말을 더듬다가 자세를 고쳐 앉았다.

"와인모어 선생님, 지금 무슨 말씀을 하시는 건지 모르겠어요. 전 아무에게도 반하지 않았거든요."

"할라타 양과 논쟁을 벌이고 싶진 않아요. 하지만 명백한 증거들이 있잖아요?"

"네?"

"할라타 양의 성격이 갑자기 변한 시점이 특정한 인물, 즉 어떤 남학생이 우리 오덴 초등학교에 전학 온 때와 일치한다는 데는 동의하겠지요?"

선생님이 아주 조금 더 앞으로 몸을 기울였다.

설마 캔자스 블룸? 교장 선생님은 프란신이 캔자스 블룸에게 반했다고 생각하는 것이다! 프란신은 두 눈을 꼭 감았다. 곧 뇌가 폭발해 버릴 것만 같았다.

"할라타 양?"

프란신은 눈을 뜨고 교장 선생님에게 말했다.

"전 캔자스 블룸을 좋아하지 않아요."

"그렇군요. 그렇다면 왜 이걸 가져다 달라고 5달러나 썼는지 설명을 좀 들어 볼까요?"

선생님이 책상 맨 아래 서랍을 열며 말했다.

"어제 남자 탈의실에서 나온 물건 같은데?"

와인모어 선생님이 책상 위에 팬티를 턱 올려놓았다. 프란신이 그날 아침 가방에 넣어 왔던 바로 그 팬티였다. 누군가 입었던 흔적이 있고, 밴드 부분에 검은색으로 캔자스 블룸이라고 쓰인 바로 그 흰색 팬티.

"남자 화장실에도 그래서 들어갔던 것 아닌가요? 그 친구를 보려고?"

"네에? 아니에요!"

프란신은 소리쳤다. 이건 말도 안 된다. 프란신은 빠른 속도로 머리를 굴리며 문제를 가능한 한 작게 만들 만한 말을 찾았다. 그리고 결국 이렇게 말했다.

"그게 아니라, 제가 그런 게 아니라요. 그건 캔자스가 오늘 아침 깃대에 매달았던 팬티예요. 벌을 받아야 할 사람은 제가 아니라 캔자스라고요."

와인모어 선생님이 한숨을 쉬었다. 프란신이 하지 말아야 할 말을 했다는 듯한 표정이었다.

"그래요?"

"음…… 네, 그런데요?"

"재미있군요."

선생님은 그렇게 답했지만 전혀 재미있지 않은 목소리였다.

"할라타 양 설명이 참 재미있어요. 난 이 자리에서 할라타 양이 하는 말을 믿고 싶었으니까요. 하지만 어찌 된 일인지 이 속옷은 오늘 아침 깃대에서 휘날리던 속옷이 아니에요."

"아니, 맞아요. 캔자스가 매단 그거예요."

프란신은 교장 선생님이 '속옷'이라는 단어를 그만 써 줬으면 좋겠다고 생각했다.

"정말이지 개가……."

"아니, 그렇지 않아요. 할라타 양도 알고 나도 아는 사실이에요. 이 속옷은 깃대에 매달려 있던 속옷이 아니에요."

선생님은 다시 한번 서랍을 열고 또 뭔가를 꺼냈다.

"깃대에 올라간 속옷은 이거니까."

선생님은 그 물건을 프란신 앞에 놓았다.

이번에도 입었던 흔적이 있는 흰색 남자 팬티였다.

대체 교장 선생님 서랍에는 팬티가 몇 장이나 들어 있는 걸까?

"그럼 마지막으로 묻겠어요. 이번에는 사실대로 대답해 주길 바라요. 블룸 군의 팬티를 가져다 달라고 누군가에게 5달러를 준 게 사실인가요, 아닌가요?"

"하지만……."

프란신은 입을 열었지만 너무도 혼란스러웠다. 캔자스가 아니면 대체 누가 자기 팬티를 깃대에 매달았단 말인가?

"할라타 양, 사실대로 대답하세요."

프란신은 결국 한숨을 쉬며 말했다.

"네. 사실이에요."

선생님은 프란신의 얼굴을 오랫동안 들여다보았다. 그리고 마침내 맨 아래 서랍을 열고 팬티 두 장을 모두 집어넣었다.

"좋아요. 보통 이럴 땐 부모님께 전화해서 보고하고, 남은 학기 동안 부서 활동을 금지하는 벌을 내리지요."

프란신은 숨을 꿀꺽 삼켰다. 이제 방송부에서 쫓겨나는 걸까?

"하지만 이번 일은 상황을 고려해서 한 번은 눈감아 주겠어요."

프란신은 다리 전체가 불개미로 뒤덮인 것처럼 뜨거워지는 걸 느꼈다. 지금 이 순간 프란신에게 소원이 딱 하나 있다면 그건 이 의자에서 일어나 이 방을 나가는 것이었다.

"이제 가도 되나요?"

"그래요. 하지만 이건 경고예요. 또다시 문제를 일으키면 그때는 이번처럼 관대하게 생각하지 않겠어요."

"고맙습니다. 잘 기억할게요."

프란신이 벌떡 일어나며 말했다.

"할라타 양?"

프란신은 문을 반쯤 나가다 말고 몸을 돌렸다.

"네?"

"남자애들은 진정으로 자기답게 행동하는 여자아이를 좋아하는 법이랍니다."

선생님이 눈을 찡긋하며 말했다.

프란신은 서둘러 문을 나왔다.

교실로 돌아온 프란신의 눈에 가장 먼저 들어온 것은 칠판에 적힌 숫자였다. 캔자스는 그대로 3점, 프란신은 2점이었다.

"늦어서 죄송합니다. 교장 선생님과, 음, 이야기를 나눌 일이 생겨서요……."

프란신은 늦은 사유가 적힌 교장 선생님의 메모를 스팍스 선생님에게 건네며 말했다.

"그래, 알겠다. 참, 프란신? 점심시간에 네 앞으로 이게 왔더라."

선생님이 얇은 분홍색 종잇조각을 건넸다. 사무실에서 비서들이 용건을 메모할 때 쓰는 그런 종이였다. 프란신은 쪽지를 받아 들고 자리로 갔다.

프란신은 자기가 돈을 주고 캔자스의 팬티를 샀다는 사실을 와인모어 선생님이 어떻게 알았는지 전혀 짐작할 수가 없었다. 의심이 간다면 브랜던뿐이었다. 그 사실을 아는 유일한 녀석이니까. 하지만 브랜던이 정말 그랬을까? 자기가 팬티를 훔친 장본인인데?

프란신의 책상 앞에 쪽지 하나가 꽂혀 있었다. 하트 모양으로 예쁘게 접고 앞면에 프란신 이름을 장식 글자로 쓴 거라 나탈리가 보낸 것임을 금방 알아봤다. 프란신은 쪽지를 폈다.

오늘 오후에 삼손 훈련하고 나서 분장 놀이 할래?

나탈리 ^o^

프란신은 입술을 잘근잘근 씹었다.

문득, 팬티에 대해 아는 사람이 하나 더 있다는 생각이 들었다.

설마 나탈리가?

하늘이 무너져도 나탈리가 프란신을 고자질할 리는 없었다. 캔자스가 멋지다며 그 애를 볼 때마다 손가락으로 머리카락을 배배 꼬긴 했지만, 나탈리는 처음부터 프란신 편이었다.

아닌가?

프란신은 머리를 흔들었다.

이 전쟁 때문에 머리가 이상해진 게 틀림없었다. 나탈리는 절대로 프란신을 배신하지 않는다.

나탈리에게 답장을 쓰려다가 스팍스 선생님이 준 쪽지가 생각나 그 분홍색 네모난 종이를 폈다. 얇은 종이가 손가락 사이에서 바스락거렸다. 교무실 직원의 가늘고 촘촘한 글씨가 눈에 들어왔다.

날짜: 12월 8일

시간: 12시 11분

수신인: 43H 교실, 프란신 할라타

용건: 어머니 전화. 오늘 야근하심. 방과 후에 프란신과 친구는
아버지네로 갈 것. 아버지가 데리러 올 예정.

프란신은 세 번째 문장을 오랫동안 쳐다봤다.

프란신과 친구는 아버지네로 갈 것.

프란신의 아빠는 '호텔'에 묵고 있었다. 지난 2주일 동안 거기서 지냈다. 나탈리를 데리고 그런 곳에 갈 순 없었다. 나탈리는 그런 곳에 익숙하지 않았다. 나탈리가 싫어할 것이다.

프란신은 쪽지가 작은 분홍색 공이 될 때까지 구겨서 책상 서랍에 던져 넣었다. 그러고는 연필을 꺼내 나탈리에게 답장을 쓰기 시작했다.

미안. 엄마가 너 오늘 우리 집에 못 온대.
오늘은 이모네에 가야겠다. 다음 주엔 괜찮을 테니까 그때 놀자.

프란신

프란신은 쪽지를 하트 모양으로 접을 의욕도 나지 않았다. 그냥 엠마의 등을 찌르고 쪽지를 전해 달라고 부탁했다. 갑자기 모든 게 귀찮아졌다.

8.

공 모양으로 구겨진
분홍색 쪽지

학교가 끝나는 종이 울렸다. 캔자스에게 그보다 더 반가운 소리는 없었다. 정말 끔찍한 하루였다. 얼른 집에 가고 싶어 안달이 난 캔자스는 가방에 팔을 끼우며 책상 사이를 지나 교실 문으로 향했다. 그때, 얇은 분홍색 종이가 구겨진 채 바닥에 떨어져 있는 것이 눈에 띄었다. 교무실 직원이 쓴 쪽지였고, 프란신의 이름이 쓰여 있었다.

캔자스는 걸음을 멈췄다. 아이들이 줄줄이 옆을 지나갔지만 캔자스는 공 모양으로 구겨진 그 분홍색 쪽지에서 눈을 뗄 수 없었다. 프란신의 책상에서 떨어진 게 틀림없었다. 자기가 그걸 보면 안 된다는 것을 캔자스는 잘 알고 있었다. 자기와는 관계없는 일이라는 것도.

캔자스는 쪽지를 집어 들었다.

아무도 자기를 보고 있지 않다는 게 100퍼센트 확실하자, 캔자스는 재빨리 쪽지를 폈다.

어머니 전화. 오늘 야근하심. 방과 후에 프란신과 친구는 아버지네로 갈 것. 아버지가 데리러 올 예정.

캔자스는 세 번째 문장을 다시 읽으며 숨을 들이켰다.

프란신과 친구는 아버지네로 갈 것.

"캔자스? 뭐 잊어버린 거라도 있니?"

스팍스 선생님이 물었다. 캔자스는 고개를 번쩍 들었다.

"아, 그게……."

캔자스는 다시 한번 쪽지를 보고 얼른 다시 공처럼 구겼다.

"아, 아뇨. 그냥요."

"그래. 내일 아침 방송부에서 보자. 학교 색으로 입고 와야 해. 녹색과 흰색으로."

"네. 학교 색으로요."

캔자스는 그렇게 말하면서 교실 앞쪽을 지나갔다. 분홍색 쪽지는 쓰레기통에 던져 넣었다.

캔자스는 교실을 나와 아이들로 붐비는 복도를 지나 보도를 따라 버스 타는 곳으로 갔다. 그곳에 지니가 기다리고 있었다. 버스를 타고 집에 가는 내내 캔자스는 프란신의 부모가 이혼했다는 사실을 머리에서 지울 수가 없었다. 이혼. 캔자스의 부모처럼.

어찌 된 일인지 그 사실 하나 때문에 모든 것이 달라졌다.

"아니, 강아지 포스터 옆에 붙이라니까. 캔자스 오빠! 내 말 좀 들어. 저쪽이 더 낫다니까."

캔자스는 벽에 사진을 붙이려다 손을 내렸다. 깃대에 팬티를 매달아 올린 사진이었다. 애매하게 찍히긴 했지만 캔자스는 집에 오자마자 사진을 뽑았다.

"지-니!"

캔자스는 가장 오빠다운 목소리로 동생을 불렀다. 그러다 실수로 사진 뒤에 붙여 둔 접착테이프를 꾹 눌러 버렸다. 테이프가 손가락 사이에 찰싹 붙었다.

"여긴 내가 쓰는 구역이잖아. 넌 네 구역에서 놀아. 혼자 좀 있자."

가족이 캘리포니아 같은 엉뚱한 곳으로 이사 온 것도 모자라 이제 캔자스는 지니와 한 방을 써야 했다. 지니는 끝도 없이 재잘거리고, 놀자고 조르고, 이런저런 일로 캔자스를 귀찮게 했다. 그래서 캔자스는 아직 풀지 않은 이삿짐 상자로 담을 쌓아 두었다. '지니 신발', '지니 여름옷' 등등 아직 꺼낼 필요가 없는 지니 물건이 든 상자를 방 한가운데에 세 개씩 쌓아 둔 것이다. 그런데 지난주에 지니는 상자 옆구리에 구멍을 뚫고 물건을 꺼내는 방법을 개발해서 이제 날마다 커다란 구멍이 생기고 있었다. 캔자스는 그렇게 상자에서 계속 물건을 꺼내면 담이 무너질 거라고 경고했지만, 지니는 전혀 아랑곳하지 않았다.

"나 물구나무서기 하는 거 볼래?"

지니가 물었다.

"아니."

캔자스는 접착테이프를 다시 끊어 둥글게 잇고 사진 뒤에 붙였다. 캔자스는 프란신도 동생과 한 방을 써야 한다든지 하는 귀찮은 일을 겪고 있을지 궁금했다.

"나 이제 물구나무서기 진짜 잘해."

캔자스의 곁눈으로 물구나무서기를 하려다 넘어지는 지니가 보였다. 캔자스는 '담력 대결의 전당'에 집중했다.

"무뇨즈 아줌마한테 더 배워야겠다. 아줌마가 이번 주말에 '엄마와 하는 요가' 교실에 데려가 주신댔어."

"무뇨즈 아줌마는 엄마가 아닌걸. 게다가 무뇨즈 아줌마가 물구나무서기를 한다고? 한 백만 살쯤 됐는데?"

캔자스는 리키와 함께 윌네 지붕 위에 오르는 사진 위쪽에 팬티 깃발 사진을 붙였다.

"백만 살 아니야. 육십 살쯤인가 됐어. 그리고 아줌마는 물구나무서기 잘해. 내가 봤어. 요가도 정말 잘하고. 나도 요가 할 거야. 기관지 천식에 좋을 거라고 아줌마가 그랬어."

무뇨즈 아줌마는 캔자스네 새 이웃으로, 엄마가 정식으로 사람을 구할 때까지 캔자스 남매를 돌봐 주고 있었다. 괜찮은 사람 같았다. 나이가 좀 많긴 하지만.

"진짜 잘할 때까지 연습해야겠어. 그래서 장기자랑 나가서 물구나무서기 할 거야. 진짜 잘하면 1등 할 수 있지 않을까, 오빠? 2주일 후에 열린대. 상도 준대."

지니는 또다시 물구나무서기를 시도했다. 두 팔로 바닥을 단단히 짚고 발을 공중으로 차올렸다.

"그게 말이 돼? 물구나무서기로 어떻게 상을 받……."

지니가 캔자스의 레고 상자 위로 넘어지면서 엄청난 소리와 함께 레고 조각들이 바닥에 쏟아졌다. 다행히 상자로 쌓은 벽은 10센티미터 차이로 아슬아슬하게 피했다.

캔자스는 한숨을 쉬며 침대에서 내려와 레고 지뢰밭을 조심조심 건너갔다. 이런 말도 안 되는 상황을 얼마나 더 참을 수 있을지 알 수 없었다.

지니가 배낭을 들고 방을 나서는 캔자스를 향해 외쳤다.

"오빠, 어디 가? 나 다시 해 볼 건데 구경 안 해?"

캔자스는 대답도 하지 않았다.

"그건 뭐야?"

포스터를 만들던 캔자스가 고개를 들자 엄마가 주방 문간에 서 있었다. 손에는 두꺼운 책과 공책이 들려 있었다. 캔자스는 요즘 들어 엄마가 일하는 선물 가게에서 퇴근해 집에 오자마자 교과서를 집어 든다는 사실을 알게 됐다. 엄마는 외출을 하지도, 낮잠을 자지도, 간식을 먹지도 않는다. 예전에 퇴근해서 집에 오면 하던 일을 전혀 하지 않는다. 이제는 야간 학교 공부만 한다.

"지리 숙제. 미국 전체를 그리고 모든 주에 이름을 써 오래요. 월요일까지."

"그런데 지금 그걸 한다고? 지금이 일요일 밤인 거니?"

엄마가 눈썹을 치올렸다.

"하하. 엄마, 코미디언 해도 잘하겠네."

실은 귀찮게 구는 지니를 피하는 유일한 방법이 숙제를 하는 것이었다. 지니는 땅콩만큼이나 숙제에도 심한 알레르기가 있었다.

캔자스가 자신의 물구나무서기를 보는 대신 지도 그리기 숙제를 한다는 이야기를 듣자마자 지니는 옆집 무뇨즈 아줌마를 귀찮게 하러 갔다.

엄마가 캔자스의 머리를 헝클듯이 쓰다듬었다.

"윌이랑 리키하곤 연락됐어?"

캔자스가 머리를 가다듬으며 대답했다.

"아니. 전화하니까 집에 없고, 메신저에도 접속을 안 해서."

캔자스는 혹시나 해서 거실 컴퓨터를 켜 두었다. 메신저에 접속해 두었으니 친구들이 메시지를 보내면 소리가 날 것이다. 하지만 큰 기대는 하지 않았다. 가까스로 연결이 된다 한들 뭐라고 말할 것인가? 마크 H. 말고 자신을 캠핑에 데려가라고 애원

할 수도 없는 노릇이고.

"곧 전화할 거야. 제일 친한 친구들이잖아."

엄마가 말했다.

"응."

캔자스는 이렇게 말하면서도 속으로는 확신할 수 없었다.

"엄마도 여기서 공부해도 되니? 나도 숙제가 있거든."

캔자스는 플로리다 주의 아랫부분을 제대로 그리는 데 집중하면서 고개를 끄덕였고, 엄마가 그 옆에 앉았다. 엄마가 보는 교과서는 너무 커서 그걸 내려놓자 식탁이 흔들렸다. 캔자스는 대체 어떻게 저런 큰 책을 읽을 수 있는지 이해가 되지 않았다. 그리고 자기는 간호사 같은 건 되지 않겠다고 생각했다. 캔자스는 책을 안 읽어도 되는 직업, 예를 들어 비디오 게임을 테스트하는 직업 같은 것을 가질 계획이었다.

캔자스가 지리 교과서의 지도를 공들여 베끼는 동안, 엄마는 열심히 메모하면서 교과서를 봤다. 그러다 가끔씩 눈을 감고 뭐라고 중얼거렸다. 캔자스도 뭘 외워야 할 때는 그렇게 한다.

"내일이 시험이에요?"

캔자스가 물었다.

"응. 중요한 시험이야."

엄마는 그렇게 대답하면서 공책을 한 장 넘겼지만 아무것도 쓰지 않았다. 펜을 손에 든 채 한동안 그렇게 있던 엄마가 캔자스를 보고 물었다.

"구운 치즈빵 먹고 싶지 않아?"

캔자스는 연필을 내려놓으며 말했다.

"먹고 싶어."

"좋아. 공부 간식이다! 엄마가 빵 꺼낼 테니 넌 치즈 가져와."

5분 후, 캔자스와 엄마는 구운 치즈를 올린 빵과 진저에일 잔을 들고 식탁에 앉았다. 엄마는 옆에 있는 의자에 발을 올리고 캔자스가 그린 지도를 들여다봤다.

"잘 그렸네."

"머리 없는 개같이 생겼어."

캔자스는 턱에 들러붙은 치즈를 떼어 내며 말했다.

엄마가 실눈을 뜨고 지도를 봤다.

"그런가? 듣고 보니 미국이 개처럼 생긴 것도 같다."

엄마가 웃으며 말했다. 캔자스도 따라 웃었다.

"엄마 숙제는 뭐예요?"

"내 숙제? 해부학. 오늘은 몸의 뼈를 다 외어야 해."

"그런 건 별로 안 어려울 것 같은데."

캔자스는 치즈빵을 한입 더 베어 물었다. 고작 뼈 가지고 시험을 본다고?

"몇 개나 되는데요?"

"206개."

캔자스의 입이 떡 벌어졌다.

"말도 안 돼."

"왜 말이 안 돼."

엄마는 빵을 내려놓고 캔자스의 왼팔을 잡더니 위팔을 가리켰다.

"이건 상완골. 그리고 여기에 뼈가 두 개."

엄마는 팔꿈치 밑을 눌렀다가 손가락으로 팔을 따라 내려가면서 설명했다.

"이건 요골, 이건 척골이지."

"정말?"

캔자스는 엄마 손에서 팔을 빼 자세히 들여다보았다. 팔꿈치에 뼈가 두 개나 있는지 전혀 몰랐다.

"정말로. 그리고 양손에 각각 뼈가 27개씩 있어. 손목뼈는 수근골, 손바닥뼈는 중수골, 손가락뼈는 지골."

"이름 한번 되게 어렵네. 어디 오지에 사는 동물 이름 같아."

"이제 엄마가 왜 그렇게 공부를 많이 해야 하는지 알겠지?"

"응."

캔자스는 빵을 또 한입 베어 물면서 식탁 위에 펼쳐져 있는 엄마의 교과서를 바라보았다. 글자가 무척 많았다. 엄마가 학교를 마치고 마침내 간호사가 될 때까지 외어야 할 수십억 개쯤 되는 단어들이었다.

"내가 뭐 좀 도와줘요?"

캔자스가 물었다.

엄마는 잠시 생각에 잠기더니 남은 빵을 입에 넣고 의자에서 일어났다. 주방 저쪽 잡동사니가 들어 있는 서랍에 가서 노란색 포스트잇을 꺼내 온 엄마는 펜으로 뭔가를 적었다. 그러고는 한 장을 천천히 떼어 캔자스의 어깨에 붙였다.

캔자스는 고개를 꼬아서 포스트잇을 보았다. '쇄골'이라고 쓰여 있었다. 캔자스는 포스트잇에서 눈을 떼지 않고 물었다.

"이건 뭔데요?"

"어깨뼈야."

"아하!"

엄마가 씩 웃었다.

"내가 5분 안에 뼈 이름을 다 맞힐 수 있는지 볼래?"

4분 12초 후, 캔자스는 머리에서 발끝까지 노랗게 물들었고 포스트잇도 거의 다 떨어져 갔다. 두 사람은 시간을 정확하게 계산하려고 전자레인지의 타이머를 맞춰 놨다.

"요추!"

엄마는 단어를 외치고 급하게 갈겨썼다.

"이건 허리에 있어! 캔자스, 척추에 붙이게 뒤로 돌아."

캔자스가 몸을 돌리자 엄마가 포스트잇을 붙였다.

"흐음……."

엄마가 머리를 굴리는 소리를 들을 수 있을 지경이었다.

"두개골!"

엄마는 캔자스 이마에도 종이를 붙였다. 캔자스는 엄마가 또 뭔가를 급히 쓰는 동안 웃음을 터뜨렸다.

"27초 남았어!"

엄마가 시계를 보며 소리쳤다.

"내가 뭘 빼먹었지?"

캔자스가 턱을 가리키며 물었다.

"여기?"

"그렇지, 하악골! 고마워."

엄마는 그것도 적어 캔자스의 턱에 붙였다.

"경골이랑, 비골도."

끄적끄적, 척, 끄적끄적, 척.

"아, 천골도!"

엄마는 또 뭔가를 적으면서 소리쳤다.

캔자스는 발가락에 포스트잇을 붙이기 위해 신발을 벗었다. 시계가 13초 전을 가리킨 그때, 거실에서 커다랗게 딩동 소리가 났다. 캔자스는 고개를 번쩍 들었다. 메신저다!

"캔자스! 어디 가? 아직 다 안 끝났어!"

바닥에 포스트잇을 흩뿌리며 컴퓨터를 향해 뛰어가는 캔자스에게 엄마가 소리쳤다.

캔자스는 벌써 컴퓨터에 가서 마우스를 흔들며 화면을 띄웠다. 메신저에 새 메시지가 들어와 있었다. 그런데 리키나 윌이 보낸 게 아니었다.

프란신할라타: 이거 캔자스 아이디 맞니?

캔자스는 모니터를 빤히 쳐다봤다.

프란신? 프란신이 메시지를 보내? 뭣 때문에?

"캔자스?"

주방에서 전자레인지 타이머가 끝나는 소리가 들렸다.

삑삑삑삑 삐이이이이익!

캔자스는 포스트잇으로 뒤덮인 손을 천천히 키보드로 뻗었다. 그리고 글자를 입력하기 시작했다.

9.

재주 좋은 기니피그

"잘 있었니, 우리 콩깍지."

학교가 끝난 후 아이를 데리러 온 부모들이 차를 대는 곳에 아빠가 자동차를 멈추면서 말했다.

"네 반쪽은 어디 가고?"

"나탈리는 오늘 학교에 못 왔어요."

프란신은 조수석 문을 열고 가방을 차 안에 던져 넣으며 거짓말을 했다.

"혹시 또 아픈 거야? 참 힘들겠구나."

"그렇죠. 힘들겠죠."

"음, 네 기분을 나아지게 할 만한 소식이 있지. 아빠가 깜짝 선물을 준비했거든."

프란신은 차에 타서 안전띠를 맨 다음 아빠가 가리키는 대로 뒷좌석을 확인했다. 오늘은 정말 힘든 하루였다. 처음부터 끝까지. 뒷좌석에 뭐가 있든 기분이 나아질 리 없었다.

그런데 그게 아니었다. 프란신이 외쳤다.

"삼손!"

아빠의 깜짝 선물인 프란신의 애완 기니피그가 부숭부숭한 털에 덮인 동그란 두 눈으로 프란신을 바라보고 있었다. 삼손이 우리 가장자리에 몸을 붙이고 끙끙거렸다. 쓰다듬어 달라는 뜻이었다.

"네가 내일 입을 옷을 가지러 집에 갔다가 삼손도 데리고 왔어. 저 꼬맹이가 요즘 배운 재주를 아빠도 봐야지."

프란신은 안전띠를 맨 채 최대한 몸을 뻗어 아빠 목을 껴안고 아빠 냄새를 흠뻑 들이켰다. 이 냄새가 이렇게 그리워지게 될 줄은 지금까지 잘 몰랐다. 지난 2주일 사이에 프란신은 아빠를 이틀밖에 보지 못했다. 저녁에 통화를 하고 주말에 영화를 보는 걸로는 부족했다. 갑자기 엄마가 오늘 늦게까지 일하는 게 다행이라는 생각이 들었다. 비록 나탈리와 함께 집에서 놀지는 못하게 됐지만.

"고마워요, 아빠."

프란신이 속삭였다.

아빠도 프란신을 꼭 안았다.

"우리 콩깍지, 보고 싶었다."

프란신은 아빠 셔츠에서 나는 냄새에 완전히 익숙해질 때까지 계속 아빠를 안고 있었다. 이윽고 프란신은 차 문을 닫고 몸을 돌려 삼손을 살펴봤다.

"안녕, 삼손."

프란신은 삼손에게 인사를 건네며 손을 뻗어 우리 위에 얹었다.

킁킁, 꿀꿀, 킁킁, 꿀꿀.

아빠가 묵고 있는 호텔은 학교에서 그리 멀지 않았다. 스테이터 브라더스 시장 바로 건너편에 있는 그곳은 지금까지 프란신이 엄마 아빠와 함께 묵었던 호텔들과는 전혀 달랐다. 방은 두 군데로 나뉘어 한쪽은 일종의 침실 역할을 하고, 한쪽은 거실 역할을 했다. 거실에는 텔레비전 앞에 침대처럼 펼 수 있는 소파가 있어서 프란신은 거기서 자면 됐다. 거실 벽 한쪽, 아빠가 '미니 주방'이라고 부르는 곳에는 가스레인지와 오븐, 싱크대, 작은 냉장고가 있어서 간단한 음식을 할 수 있었다. 그렇게 나쁘진 않지만 짐을 싸서 집을 나와 살 정도로 좋지는 않다고 프란신은 생각했다.

"보세요. 이게 삼손이 최근에 익힌 재주예요."

프란신은 삼손이 지나갈 장애물 코스를 만든 다음 아빠를 불렀다. 아빠의 두꺼운 예술 관련 책들로 만든 터널 앞에서 삼손을 안고 프란신이 말했다.

"삼손이 터널에 들어가서 다 돌아다닌 다음 반대쪽으로 나올 거예요. 시간 잴 준비 됐어요?"

삼손의 분홍색 코가 쫑긋거렸다. 빨리 경주를 시작해서 반대쪽 끝에 놓아둔 간식을 먹고 싶어서 안달이 난 듯했다.

아빠는 스케치북을 탁 닫고 연필을 귀 뒤에 꼈다. 그러고는 프란신 옆 마루에 쪼그리고 앉아 시계의 단추를 몇 번 눌렀다.

"자, 출발선에!"

아빠가 말했다. 프란신은 삼손의 엉덩이를 잡고 있는 손에 더 힘을 주고 녀석의 발이 땅에서 약간 떨어지게 들었다. 삼손은 어서 경주를 시작하고 싶어서 코를 이리저리 쫑긋거렸다.

"준비!"

프란신은 삼손을 땅에 발이 거의 닿도록 내렸다.

"출발!"

프란신이 삼손을 놓았다.

삼손은 땅에 발이 닿자마자 달리기 시작했다.

불행히도 녀석은 완전히 다른 방향으로 달렸다. 프란신의 티셔츠를 타고 올라간 것이다.

"삼손!"

프란신은 삼손의 발톱을 셔츠에서 떼어 내며 외쳤다.

"어제는 잘했는데. 좋아요, 다시 한번 시간 재 주세요."

두 번째 시도에서 삼손은 터널 밖으로 돌아가서 반대쪽에 있는 간식을 한입에 먹어 치웠다. 세 번째에는 터널 한가운데 앉아 똥을 쌌다.

"흠, 저 녀석은 귀엽게라도 생겨서 다행이야. 그렇지?"

아빠가 화장실 휴지로 바닥을 닦으며 말했다.

프란신도 그것만은 인정할 수밖에 없었다. 삼손이 이 세상에 존재한 모든 기니피그 중에서 제일 귀여운 녀석인 것만은 틀림없었다. 온몸을 덮은 비단처럼 보송보송한 긴 털에 작은 분홍색 코까지. 얼굴과 몸통은 하얗고, 엉덩이와 정수리는 까맣고, 동그란 두 눈 사이로 초콜릿색 털이 띠처럼 나 있다. 하지만 아무리 귀여운 외모를 가지고 있다 해도 프란신의 동물 조련 TV 프로그램에 나와서 세계적으로 유명한 기니피그가 되려면 정말이지 정신을 바짝 차려야 할 것이다.

프란신이 삼손에게 간식을 몇 개 더 먹이는 동안 아빠는 다시 탁자에 앉아 스케치북을 펴고 곧 생각에 잠겼다. 아빠는 이렇게 생각에 잠겨 멍해지는 때가 많았다. 아빠는 지역 전문대학에서 미술을 가르친다. 프란신의 엄마는 종종 아빠의 머리가 콜라주 같다고 했다. 서로 잘 어울리지 않는 수많은 조각들이 모여 어찌어찌 멋진 그림이 되는 그런 콜라주 말이다. 하지만 이것도 옛날 얘기다. 지금도 엄마가 아빠의 머리를 멋진 그림 같다고 생각할 것 같진 않았다.

"이번엔 뭐예요? 새로운 장치예요?"

프란신은 팔꿈치 안으로 파고들며 낑낑거리는 삼손을 쓰다듬으며 물었다.

"으응?"

아빠는 종이 위에 연필로 선을 몇 개 더 그린 다음 고개를 들었다. 그러고는 프란신이 하는 말을 방금 들은 것처럼 대답했다.

"응. 최신작이야. 볼래?"

프란신은 신이 나서 아빠 옆에 놓인 의자에 올라가 스케치북을 들여다봤다.

아빠는 주로 인물이나 도시 풍경을 세밀하고 정확한 격자무늬의 필치로 그렸다. 그런데 최근 들어 신기한 발명품 같은 걸 그리기 시작했다. 여러 가지 물건과 사건이 연쇄 반응을 일으키다가 결국 단순한 임무 하나를 해내는 장치들이었다. 그런 걸 '루브 골드버그 장치'라고 부른다고 아빠가 가르쳐 주었다. 옛날에 살았던 유명한 사람의 이름을 따서 그렇게 부른다는 설명도 들었지만, 프란신은 그것들이 아빠의 발명품이라고 생각하는 편이 더 좋았다.

아빠의 최신작은 커다란 경사로 위에 놓여 있는 볼링공을 밀면 공이 아래로 아래로 쭉 내려가 높은 책 더미에 가서 부딪히고, 무너진 책이 주방용 세제 병을 꾹 눌러서 세제가 밑에 매달려 있는 양동이에 들어가고, 세제가 차서 무거워진 양동이가 시소의 한쪽에 떨어져서 다른 쪽에 놓여 있는 곰돌이 인형을 공중으로 솟구치게 하고, 날아간 인형은 탁구공이 든 바구니에 떨어지고 등등 수십 단계로 이루어진 장치였다. 프란신은 매 단계를 자세히 살피면서 마지막 단계까지 갔다. 마지막에는 장난감 자동차가 빗자루를 넘어뜨리고 넘어진 빗자루가 토스터의 손잡이를 누른다. 프란신은 숫자를 세며 씩 웃었다. 토스트 한 장 구우려고 밟아야 하는 단계가 무려 27개였다.

"우리 언젠가 이런 장치를 진짜로 만들 수 있을까요, 아빠?"

아빠는 그림을 잠깐 바라보았다.

"아마도. 재미있겠지?"

"진짜 재밌을 것 같아요."

아빠는 스케치북을 닫고 겉장을 쓰다듬었다.

"이런 것도 그렇게 싫진 않지? 이렇게 우리 둘이 시간을 보내는 것 말이야."

아빠는 삼손 쪽으로 고개를 까닥이며 말을 이었다.

"아, 둘하고도 반이네. 편안한 기분이야."

프란신은 의자에서 자세를 고쳐 앉았다. 오랜만에 아빠를 완전히 차지해서 기분이 좋았다.

"그런 것 같아요. 하지만 계속 여기서 지낼 건 아니잖아요."

아빠가 진짜로 해야 할 일은 최대한 빨리 집으로 돌아오는 것이었다.

"너도 그렇게 생각하니 다행이다."

"다행이요?"

아빠가 고개를 끄덕였다.

"집을 봐 두었거든. 일요일에 이사할 거야. 너도 분명 마음에 들어 할걸."

프란신은 주머니에서 기니피그 간식을 하나 더 꺼내 삼손에게 주었다. 삼손이 그걸 다 먹고 나서 더 달라고 낑낑대기도 전에 간식 한 개를 더 줬다.

"요즘 들어 좀 뚱뚱해진 것 같아요. 다이어트를 시켜야 되나."

프란신이 삼손의 배를 살펴보며 말했다.

"프란신, 우리 콩깍지, 이 모든 게 너와는 전혀 상관없다는 것 잘 알지? 네 엄마와 난 여전히 널 사랑해. 앞으로도 항상 그럴 것이고. 무슨 일이 생기든 우리는 언제나 네 엄마 아빠란다."

아빠가 부드러운 목소리로 말했다.

프란신은 그냥 어깨를 으쓱했다. 물론 부모님은 프란신을 사랑한다. 그게 엄마 아빠가 하는 '일'이니까. 그런데 요즘 엄마 아빠가 그 일을 하는 '방법'이 마음에 들지 않았다. 프란신은 겨우 아홉 살이었지만, 일이 계획대로 풀리지 않을 땐 문제를 해결해야 한다는 것쯤은 알고 있었다. 학교에서 원하는 점수를 얻지 못했다면 선생님에게 가산 점수를 받을 수 있느냐고 물어야 한다. 애완 기니피그가 장애물 경주를 잘하지 못하면 훈련을 더 시켜야 한다.

그런데 프란신의 엄마 아빠는 최선을 다하지 않고 있었다. 물론 때로는 말다툼을 하지만 다른 애들 부모에 비해 그렇게 심한 것도 아니었다.

프란신은 나탈리네 엄마 아빠가 말다툼하는 걸 본 적이 있다. 엠마네 엄마 아빠도. 알리시아네 엄마 아빠는 아이들을 축구 연습에 데려다 줄 때마다 서로 잡아먹을 듯이 싸운다. 하지만 그 중에 정말로 이혼을 하는 부부는 없다. 프란신이 모든 걸 고칠 수 있는 바로 그 말, 바로 그 행동을 알기만 하면 좋을 텐데. 그게 정확히 뭔지 프란신은 떠올릴 수가 없었다.

"저녁으로 피자 먹어도 돼요?"

고작 떠오른 말이 그거였다.

아빠는 잠시 눈을 깜짝이며 프란신을 바라보다가 자리에서 일어나 프란신의 이마에 입을 맞췄다. 그리고 휴대전화를 가지러 방 저쪽으로 가면서 물었다.

"페퍼로니 올리브 피자로?"

프란신이 고개를 끄덕였다.

"치즈도 추가해서."

아빠는 탁자에 놓인 배달 식당 메뉴를 뒤적였다. 프란신의 엄마는 절대 배달 음식을 시키지 않는다. 하지만 아빠는 그 간단한 스파게티도 망치는 사람이었다. 피자집에 전화가 연결되는 동안 아빠가 물었다.

"오늘 학교는 어땠어? 그 남학생, 이름이 뭐더라, 아리조나였나? 그 애하고 오늘도 담력 대결 했어? 아직도 뉴스 앵커 자리가 결정 안 난 거야?"

프란신은 삼손을 조심스럽게 우리에 넣었다.

"그 애 이름은 캔자스예요."

아빠가 피자를 주문하고 배달을 기다리는 동안 프란신은 자기가 겪은 비참한 하루를 처음부터 끝까지 들려주었다. 물론 남자 화장실이라든가 교장실 이야기 등등 아빠가 들어서 좋을 것 같지 않은 자세한 이야기는 좀 빼고.

"그 애는 그런 임무를 식은 죽 먹기처럼 했다니까요! 이게 말이 돼요? 절대 기권할 것 같지가 않아요. 뉴스 앵커 자리에는 별 관심도 없으면서. 정말이에요."

프란신이 따끈따끈한 피자를 한입 베어 물며 말했다.

아빠가 턱에 묻은 피자 소스를 닦으라며 프란신에게 냅킨을 건네면서 말했다.

"진짜 고생 많았네, 우리 콩깍지. 하지만 그 캔자스라는 아이는 네가 생각하는 것만큼 이상한 애는 아닐 거야. 새로 전학 온 학교에 적응하는 게 그리 쉬운 일은 아니니까."

"아빠! 말도 안 돼요. 걔 진짜 이상하다니까요. 자기가 엄청 귀엽고 뭐든 잘하는 줄 알아요."

"그러니까 내 말은, 모든 일은 보는 각도에 따라 달리 보일 수 있다는 거야. 그 애에게 기회를 주는 것도 좋을 것 같은데. 누가 아니? 어쩌면 그 애는 너와 친……."

아빠는 그렇게 말하면서 플라스틱 컵에 물을 더 따르러 싱크대로 걸어갔다. 하지만 탁자 위에서 휴대전화가 울리기 시작해 아빠의 말이 끊겼다. 프란신과 아빠는 높이 쌓인 종이와 책, 피자 접시를 헤치고 전화기를 찾았다.

"여보세요?"

마침내 전화를 찾아 귀에 대고 아빠가 말했다. 상대방 목소리가 들리지는 않았지만 프란신은 아빠의 표정을 보고 그게 아빠가 생각하지 못했던 사람이라는 걸 알아차렸다.

"그래요. 내가 프란신 아빠인데요."

아빠가 프란신을 향해 눈썹을 치올리며 대답했다.

프란신의 눈이 휘둥그레졌다. 누가 전화를 해서 프란신 이름을 말한 걸까? 와인모어 선생님이 오늘 프란신이 교장실에 불려 간 일을 보고하려고 전화를 건 것일까?

그런데 아빠가 미소를 짓는 걸 보니 그게 아닌 것 같았다. 아니, 아빠는 거의 웃음을 터뜨리기 직전이었다.

"잠깐만요, 프란신 여기 있어요."

아빠가 프란신에게 전화기를 건넸다.

"누군데요?"

아빠 휴대전화로 프란신에게 전화를 걸 사람은 아무도 없었다. 아빠가 눈썹을 치올렸다. 아빠의 다 안다는 듯한 그 표정이 프란신은 참 별로였다. 아빠가 말했다.

"캔자스래."

캔자스?

아빠 손에 들린 전화를 보면서 프란신은 어쩌면 아빠 말이 맞는지도 모른다고 생각했다. 어쩌면 캔자스는 그저 친구가 필요한지 모른다. 어쩌면 그렇게 나쁜 애는 아닌지도 모른다.

프란신은 전화를 받아 들었다.

"여보세요?"

10.
농구공

캔자스는 메시지를 입력하고, 한동안 그걸 빤히 쳐다보다가 엔터키를 눌렀다.

kansas_the_champ: 안녕 프란신. 이거 나 맞아.

주방에서 엄마가 포스트잇을 치우고 다시 식탁 앞에 앉는 소리가 들려왔다. 아마 캔자스가 나간 것도 모르고 다시 공부에 정신이 팔려 있을 것이다. 캔자스는 컴퓨터 화면을 바라봤다. 20초가 지나고, 30초가 지났다. 그런데 프란신은 답이 없다.

캔자스는 깊은 숨을 들이켰다. 지금 그 말을 해야 한다. 지금이 아니면 영원히 못 할 것이다. 너무 겁이 나서 못 하기 전에, 프란신에게 온 쪽지를 읽고 말았다고, 캔자스 자신의 부모도 이혼한다고 말해야 했다. 부모님 일에 대해 누군가에게 이야기할 수 있으면 좋을 것 같았다. 누군가 자기를 이해해 줄 수 있는 사람 말이다. 쪽지를 읽었다는 사실에 대해선 프란신이 너무 화를 내지 않길 바랐다.

그러나 캔자스는 한마디도 입력하지 못했다. 갑자기 딩동 소리와 함께 두 번째 메시지가 들어왔던 것이다.

프란신할라타: 다음 임무에 대해 투표를 했어.

캔자스는 메시지를 읽으며 눈을 가늘게 떴다. 메시지가 또 하나 들어왔다. 그리고 또 하나.

프란신할라타: 네 임무는 내일 네 여동생의 발레복을 입고 학교에 와서

프란신할라타: 하루 종일 있는 거야.

***

캔자스는 열을 가라앉혀야만 했다. 비록 잠깐이지만 프란신에게 부모님 문제에 대해 이야기할 수 있지 않을까 하고 생각했다는 게 믿어지지 않았다. 그 애에겐 방송부 뉴스 앵커 따위가 제일 중요한 듯했다. 캔자스도 무지무지 어려운 임무로 맞서려고 했지만 그럴 수 없었다. 프란신이 메신저에서 바로 나가 버

렸던 것이다.

캔자스는 자전거를 타려고 밖으로 나갔다. 그런데 캔자스의 눈에 가장 먼저 띈 것은 농구공이었다. 춥고 외롭게 구석에 박혀 있는 캔자스의 농구공. 지니가 가지고 놀다 버려둔 게 틀림없었다. 바보 같은 지니. 여기엔 농구 골대도 없는데. 옛날 집에는 농구 골대가 있었다. 이사 올 때 엄마가 기어코 그 골대를 떼어서 가지고 왔지만 새 집에는 골대를 설치할 앞마당이 없었다. 그래서 아직 풀지 않은 상자 어디엔가 처박혀 있었다. 캔자스가 보기에 그 물건은 영원히 상자 안에서 못 나올 것 같았다.

캔자스는 현관문 앞에 한참 서서 농구공을 바라보고만 있었다. 이윽고 마지못한 듯이 공을 집어 들었다. 농구공이 잡히는 느낌이 무척 좋았다. 캔자스는 한 손으로 공을 공중에 던졌다가 다시 받았다. 그런 다음 지니와 캔자스의 방 바로 위쪽 벽을 향해 공을 던졌다가 튕겨 나오는 공을 받았다.

공을 던졌다가 받고, 던졌다가 받고 하는 동안 캔자스의 생각이 담력 대결 전쟁으로 흘러갔다. 이번에는 정말 엄청난 임무를 생각해 내서 프란신에게 도전해야 했다. 여동생의 발레복을 입는 것보다 더 엄청난 임무 말이다.

하지만 도대체 뭐가 있을까?

캔자스는 다시 한번 공을 벽에 조준했다. 벌써 벽에 공 자국이 났다. 딱 농구공 크기의 자국이었다. 캔자스 방 창문 아래 땅은 고르게 다져져서 대충 드리블을 할 수 있을 듯했다. 예전에 캔자스는 농구를 참 좋아했다. 오리건 주에 살 때는 학교 농구부에서 뛰었을 정도다. 실력도 괜찮았다. 아니, 굉장히 잘했다. 하지만 그땐 아빠가 연습하는 것도 도와주고 경기에 와서 응원도 해 줬다. 이제 캔자스는 농구를 하고 싶은 생각이 별로 없었다.

캔자스는 몸을 낮추고 드리블을 다섯 번 했다. 그런 다음 두 손으로 공을 잡고, 몸을 펴고, 슛을 날렸다.

공이 벽에 댄 판자에 맞고 이상한 각도로 튕겨 앞뜰을 가로지르더니 이웃 무뇨즈 씨네 울타리에 처박혔다. 캔자스는 군데군데 갈색으로 마른 잔디밭을 건너 공을 가지러 갔다.

"안녕, 젊은이!"

울타리 위로 하얀 턱수염에 낚시 모자를 쓴 할아버지가 불쑥 머리를 내밀었다.

"아, 안녕하세요."

캔자스는 이렇게 말하며 잽싸게 공을 주워 들었다.

"지니 오빠인가 보구나. 난 어니 무뇨즈란다. 우리 집사람 라모나는 알지?"

"아!"

캔자스는 고개를 끄덕였다. 이웃집에 다녀온 지니가 무뇨즈 씨에 대해 이야기한 적은 있지만, 직접 본 적은 없었다. 울타리 저편에서 윙윙 땅땅 하는 전기톱과 망치 소리를 들은 게 전부였다. 지니 말로는 목수 일을 하는 사람이라고 했다.

"네, 안녕하세요."

캔자스는 다시 집에 들어가려고 막 몸을 돌렸다가 자기가 무례하게 행동한 것 같다고 생각했다. 무례하게 행동하지 않는 게 좋겠다는 생각도 들었다. 캔자스는 다시 몸을 돌리고 인사를 건넸다.

"저는 캔자스예요."

"만나서 반갑구나, 캔자스."

"저도요."

"농구공을 가지고 있구나."

어른들은 꼭 이런다고 캔자스는 생각했다. 늘 끝없이 수다를 떨려고 한다. 말하는 주제도 진짜 시시한 것들이다. 예를 들어 "농구공을 가지고 있구나." 같은 것. 그럼 이게 농구공이지 배추인가?

"아, 네."

무뇨즈 씨가 수염을 긁적이며 말했다.

"아까 집 벽에 대고 던지는 것 봤다. 시끌시끌하더구나."

아, 그게 문제였구나. 캔자스가 저 할아버지의 낮잠을 방해했든가 뭐 그랬던 것이다.

"죄송해요. 예전 집에는 농구 골대가 있었는데 여긴 골대를 세울 데가 없어서요."

캔자스가 주변 땅을 가리키며 말했다.

무뇨즈 씨는 생각에 잠겨 고개를 끄덕이면서 또 턱수염을 긁적였다. 캔자스는 할아버지에게 비듬이라도 있는지 턱수염이 굉장히 가려운 모양이라고 생각했다. 그러다 프란신에게 종일 가짜 턱수염을 붙이고 있으라는 임무를 내놓으면 어떨까 하는 생각에 이르렀다. 하지만 그 정도로는 그다지 심술궂지 않았다.

무뇨즈 씨는 턱수염을 좀 더 긁더니 이렇게 말했다.

"왜, 우리 집 차고 위쪽에 골대를 설치할 만한 공간이 있는데, 어떻게 생각하니?"

캔자스는 무뇨즈 씨네 차고 쪽을 내다보았다. 확실히 골대를 세우기에 딱 좋은 명당이 있었다. 하지만 남의 집에 농구 골대를 세우는 건 뭐랄까, 좀 이상한 일이었다. 무뇨즈 씨가 말을 이었다.

"물론 집사람에게도 물어봐야겠지. 하지만 찬성할 거야. 그 사람이 너희 남매를 엄청 예뻐하는 것 같더라고."

"아, 그게, 글쎄요."

캔자스는 어깨를 으쓱했다. 진짜 하고 싶은 말은 '됐어요.'였지만 가려운 턱수염을 가진 할아버지에게 대놓고 그렇게 말할 순 없지 않은가.

"좀 생각해 볼게요."

프란신에게 비듬을 가져오라는 임무를 던져 줄까? 아니지, 그런 게 무슨 임무라고…….

"물론이다. 생각해 보고 알려 주렴."

"그럴게요. 그럼…… 이만 가 볼게요."

캔자스는 공을 옆구리에 붙이면서 말했다.

"그래, 캔자스. 또 보자."

현관문을 여는 순간, 캔자스는 그것을 보았다. 현관 계단의 갈라진 틈에서 자라난 풀 한 포기를. 그 풀은 정말 이상해 보였다. 전혀 어울리지 않는 곳에 풀색이 섞여 있었으니까. 바로 그때 캔자스는 완벽한 담력 대결 임무를 생각해 냈다.

주방으로 달려 들어간 캔자스는 잡동사니 서랍에서 엄마가 모아 둔 학교 관련 서류 묶음을 꺼냈다. 표지를 넘기고 페이지를 찾은 다음 손가락으로 종이를 짚어 내려가던 캔자스는 찾던 이름에서 손을 멈췄다.

프란신 할라타

캔자스는 전화기를 들고 프란신 부모님의 전화번호를 눌렀다. 마치 손가락에 불이 붙은 느낌이었다. 이건 정말 완벽한 임무라고 캔자스는 생각했다. 완벽 그 자체. 아직 방송부 아이들이 투표를 한 건 아니지만 그건 내일 아침에 하면 된다. 너무나 완벽한 임무여서 아무도 반대하지 않을 게 분명했다.

이건 프란신이 죽었다 깨나도 해낼 수 없는 임무다. 이제 그 애는 2점이나 뒤처질 것이고, 결국 이 대결에서 패배해서 그렇게 하고 싶어 하는 뉴스 앵커도 못 하게 될 것이다. 그 애한테 딱 어울리는 운명이다.

그 애 아빠가 전화를 받았다. 캔자스는 최선을 다해 차분하고 평범한 목소리를 냈다. 하지만 프란신이 전화를 받자 캔자스는 비웃는 얼굴을 하고 상대에게 한 방 먹일 준비를 갖추었다.

"여보세요?"

프란신이 말했다.

"너의 담력 대결 임무는 말이야."

캔자스는 최대한 으르렁거리는 목소리로 말했다.

"내일 머리를 초록색으로 물들이고 학교에 오는 거야."

그러고는 그대로 전화기를 쾅 내려놓았다.

11. 초록색 염색약

다행히 가게가 늦게까지 문을 열고 있었다. 다행히 초록색 염색약도 있었다.

물론 프란신은 그게 정말 다행인지 아닌지 알 수 없었다. 호텔로 돌아온 뒤, 프란신은 변기에 옆으로 앉고 아빠가 비닐장갑을 낀 손으로 초록색 염색약 통을 들고 프란신의 머리 위를 서성였다. 프란신은 다시 한번 생각해 보았다.

"원래로 돌아오는 데 얼마나 걸린대요?"

벌써 염색약 상자에 쓰인 대로 머리를 감고 다 말린 상태였다. 어깨에 두른 젖은 수건이 천근만근 무거웠다.

아빠가 싱크대에 있던 포장지를 들고 뒷면에 쓰인 설명을 읽었다.

"열 번 감으면 된대."

프란신은 생각에 잠겼다. 지금 염색을 하면 적어도 일주일, 아니 2주일은 지나야 원래 머리 색으로 돌아온다. 즉, 2주간은 매일 인간 야자수 꼴을 하고 학교에 가야 한다.

아빠가 거울에 비친 프란신의 얼굴을 들여다봤다.

"뉴스 앵커가 그렇게 하고 싶어?"

그것만큼은 두 번 생각할 것도 없었다. 미래의 TV 동물 조련사가 설 자리는 카메라 뒤가 아니라 앞이다.

프란신은 단호하게 고개를 끄덕였다. 그리고 숨을 한 번 깊이 들이마신 다음 말했다.

"해 주세요."

"알겠다……."

아빠가 말했다.

프란신은 거울을 통해 아빠가 자기 머리에 염색약 통을 기울이고 쥐어짜는 모습을 지켜봤다.

주르륵!

프란신 할라타는 더 이상 금발 소녀가 아니었다.

12.

반짝거리는 하얀 발레복

캔자스는 지금까지 사는 동안 수많은 악몽을 꿨다. 해골에게 쫓기는 꿈, 깎아지른 듯한 절벽에서 부글부글 끓어오르는 용암으로 뛰어내리는 꿈, 날카로운 송곳니 대신 기관총을 가지고 다니는 흡혈귀들 꿈 등등. 하지만 새 학교에서 맞는 두 번째 금요일에 여동생의 반짝이는 하얀 발레복을 입고 학교에 가는 것은 천년에 한 번 꿀까 말까 한 악몽보다도 더 끔찍했다. 제아무리 담력왕이어도 이번 임무는 보통이 아니었다.

캔자스는 배낭끈을 꼭 쥐고 앞만 똑바로 쳐다보면서 학교 앞 계단을 올랐다. 자연스러우면서 잽싼 걸음으로, '그래, 내가 발레복 입은 거 나도 알아. 어때, 멋지지?' 하는 태도로. 어쨌든 자기가 그렇게 보였으면 했지만, 그렇게 보이지 않으리란 것도 잘 알았다. 어떻게 발레복을 입고 멋질 수가 있겠는가.

캔자스는 혹시나 발레복이 좀 덜 두드러질까 싶어 하얀 티셔츠를 입고 나왔다. 그러나 버스 유리창에 비친 자기 모습을 본 순간 소용없다는 걸 깨달았다. 한 마리 백조가 있었던 것이다.

옆에 앉은 지니가 손을 꼭 쥐어 주며 말했다.

"걱정 마, 오빠. 멋져. 진짜 발레리나 같아."

지니를 미술부에 데려다 준 뒤 캔자스는 발만 보고 걸었다. 발레복의 허리 밴드가 너무 꽉 끼는 데다 근질거렸다. 발을 내디딜 때마다 배가 쓸렸다. 복도가 어제보다 길어진 것 같다. 애들은 또 왜 이렇게 많담? 캔자스의 감각은 갑자기 슈퍼맨처럼 민감해졌다. 저쪽 사물함 옆에서 수영부 애들이 자기를 보고 숨죽여 웃는 소리가 들렸다. 수학경시대회부 아이들이 일제히 고개를 돌릴 때 공기가 흔들리는 것도 느껴졌다. 캔자스를 가리키는 교지 제작부 아이들의 손가락이 총천연색으로 선명하게 보였다. 저쪽 체육관 근처에 있던 농구부원 하나가 "야, 드레스 멋지다!" 하고 외치자 복도 전체가 웃음바다가 됐다.

스팍스 선생님 교실까지 다섯 걸음쯤 남았을 때, 누군가 캔자스의 어깨를 톡 건드렸다. 캔자스는 빙그르 몸을 돌렸다.

프란신이었다.

"발레복 멋지다."

"머리 멋지다."

캔자스가 대답했다. 히죽이던 프란신의 얼굴이 곧 찌푸려졌다. 캔자스는 프란신이 그러고 나타난 걸 믿을 수 없었다. 하지만 진짜였다. 초록색 머리칼이 마치 정글의 덩굴처럼 프란신의 얼굴에 드리워져 있었다.

"나에게 이런 걸 시키다니, 진짜."

프란신은 손가락으로 제 머리를 쿡쿡 찌르듯 가리키며 말했다.

"너 정말 못됐다. 난 너에게 이렇게 심한 건 절대 못 시키는데 말이야."

"내가 못됐다고?"

캔자스가 대꾸했다. 그때 문이 확 열렸다.

"어머, 왔니, 두 사람!"

새하얀 이가 다 보이도록 활짝 웃고 있는 스팍스 선생님이었다.

"말소리가 들리길래 학생들이 왔나 싶었지. 자, 들어가자. 그런데 너희 둘 다 정말 굉장한 모습이구나."

굉장하다고? 캔자스는 그 말이 두 명의 서커스 광대처럼 보인다는 뜻이라고 확신했다.

캔자스는 고개를 푹 숙이고 방송부 아이들의 수군거림을 못 들은 척하며 자리로 향했다. 그때 스팍스 선생님이 두 손을 마주치자 교실에 있던 모든 아이들의 머리가 앞을 향했다.

"안녕하세요, 방송부 여러분! 오늘 방송을 준비하기 전에 모두들 캔자스와 프란신을 자세히 살펴보길 바라요."

캔자스는 내장이 젤리로 변해 버리는 것만 같았다. 대체 무슨 일일까? 스팍스 선생님이 드디어 이 담력 대결이 너무 심해졌다고 판단한 걸까? 자기들을 혼내서 '본보기'를 삼으려는 걸까?

옆자리의 프란신도 어리둥절하기는 마찬가지인 모양이었다.

교실 뒤쪽에서 루이스가 사진을 찍었다.

"여러분, 잘 보세요."

스팍스 선생님은 말을 이으며 한 손은 캔자스의 어깨에 다른 한 손은 프란신의 어깨에 올렸다. 캔자스는 눈을 감고 이 치욕스러운 순간이 지나가기를 기다렸다.

"바로 이것이 진정한 애교심입니다."

"엥?" 캔자스의 눈이 번쩍 뜨였다.

"네?" 프란신이 내뱉었다.

"오늘은 애교심 함양의 날이에요. 우리 학교를 상징하는 녹색과 흰색 옷을 입고 오라고 했지요? 여러분 중 몇몇은 노력한 모습이 보이는군요."

선생님은 초록색 원피스를 입고 저쪽 구석에 앉아 있는 알리시아와 초록색 꽃무늬가 있는 흰색 머리띠를 하고 온 나탈리를 향해 고개를 끄덕였다.

"하지만 여기 있는 캔자스와 프란신만큼 온몸으로 애교심을 보여 주려고 노력한 사람은 없네요. 정말 칭찬받을 만하지요?"

칭찬을 받는다고? 캔자스는 자기의 하얀 발레복을 내려다보았다가 고개를 들어 프란신의 풀색 머리를 쳐다봤다. 그러고 보면 뭐, 둘 다 엄청난 노력을 한 건 사실이었다.

스팍스 선생님이 캔자스의 어깨를 힘주어 잡았다.

"다들 알다시피 오늘 아침엔 교장 선생님께서 각 교실을 방

문해서 어느 반이 가장 애교심이 높은지 확인하실 거예요. 거기서 뽑히는 반은 오후에 아이스크림 파티를 한답니다. 우리 반에 캔자스와 프란신이 있으니 우리가 뽑힐 거라고 확신해요."

교실 뒤편에서 환호성이 일더니 누군가 "아이스크림!" 하고 외쳤다. 캔자스가 어리둥절해하는 사이에 박수가 터져 나오고 모두 "캔자스! 프란신! 캔자스! 프란신!" 하고 구호를 외치기 시작했다.

캔자스는 서서히, 아주 조금씩 자신이 발레복을 입은 바보가 아니라 4학년의 영웅처럼 느껴지기 시작했다.

"프란신, 캔자스, 선생님도 깜짝 놀랐어. 단순히 학교 색깔로 꾸미고 온 것만이 아니라 서로 열심히 협동하는 모습을 보여 주었잖니. 그게 바로 오덴 초등학교의 정신이지. 두 사람 모두 굉장한 노력을 기울였어요. 둘이 힘을 합치면 멋진 일을 해낼 수 있다는 걸 잘 보여 주었어요."

스팍스 선생님의 하얀 이가 더 많이, 더 하얗게 반짝였다.

캔자스는 곁눈으로 프란신을 흘낏 쳐다봤다. 그 애의 눈에 서린 타오르는 분노를 보고 프란신이 처음이자 마지막으로 자기와 같은 생각을 하고 있음을 캔자스는 똑똑히 알 수 있었다.

둘이 힘을 합치는 일은 다시는, 절대로 없을 것이다.

13.

CD로 만든 탑

일요일 아침, 엄마가 커튼을 젖히자 햇빛이 프란신의 침대까지 밀려왔다. 프란신은 그다지 반갑지 않았다.

"으으으응-푸후-아악!"

프란신은 눈으로 쏟아져 들어오는 햇빛을 팔로 막으며 비명을 질렀다.

"너도 잘 잤니, 귀염둥이?"

엄마가 말했다. 얼굴을 보지 않아도 엄마가 미소를 짓고 있다는 걸 알 수 있었다.

"오늘 일요일 아니야?"

프란신은 여전히 팔로 얼굴을 가린 채 말했다.

"일요일 맞아, 잠자는 숲 속의 공주님."

엄마는 침대 끝에 앉아 프란신의 얼굴에서 살며시 팔을 치웠다.

"오늘은 아침 요가 하러 가자. 재밌겠지?"

프란신은 얼굴을 찡그렸다.

"점심 먹고 아침 요가 가면 안 돼?"

그러고는 몸을 옆으로 굴려 담쟁이 같은 초록색 머리에 얼굴을 파묻고 담요를 머리끝까지 덮었다.

"그러지 말고, 어서 일어나."

엄마가 프란신이 덮고 있던 담요를 확 걷었다. 프란신은 시린 발가락을 쏙 오그라뜨리며 저항했다.

"옛날부터 '엄마와 하는 요가' 교실에 가자고 해 놓고 한 번도 못 갔잖아. 오늘은 달라! 어서 일어나. 착하지."

엄마가 겨드랑이에 손을 넣어 프란신을 일으켰다.

"으으으응-푸후우우우."

그 정도 대답으로는 엄마를 설득하기에 좀 약했나 보다. 8시 45분, 두 사람은 식탁에 앉아 있었다. 프란신 손에는 연어 아스파라거스 샌드위치가 들려 있었다.

"아침 먹어."

엄마가 말했다. 마치 그렇게 확실히 해 주지 않으면 프란신이 그게 아침 식사가 아니라 장화인 줄 알기라도 할 것처럼. 잠이 덜 깬 프란신은 자기가 연어 아스파라거스 샌드위치를 싫어한다는 걸 떠올리지도 못하고 한입 베어 물었다.

전화가 울리자 엄마가 받더니 "나탈리래." 하며 전화기를 건넸다. 프란신은 입안에 있는 음식을 얼른 삼켰다.

"안녕, 나탈리, 무슨 일이야?"

"너희 집에 놀러 가서 삼손 훈련시키는 거 도와주고 싶은데, 그래도 돼?"

나탈리가 물었다. 벌써 아침도 먹고, 양치질도 하고, 뜀뛰기 운동 40번까지 한 목소리였다.

"아빠가 너 일어났으면 데려다 준댔는데, 너 일어났으니까 이제 간다? 오늘은 경사로 올라가는 거 훈련할까?"

"엄마가 요가 하러 가야 한대. 하지만 다녀와서는 괜찮아. 나에게 좋은 아이디어가 많이 있어."

프란신은 아직도 졸리는 눈을 비비며 말했다.

"좋아. 집에 돌아오면 바로 전화해. 그리고 삼손 훈련 다 하고 나면 네 머리 해 줄게."

"내 머리?"

"응. 내가 꾸며 줄게. 좀 덜 이끼처럼 보이게 할 수 있는 방법이 있어."

프란신은 웃음을 터뜨렸다.

"좋아. 그럼 나중에 보자."

"안녕!"

프란신은 전화를 끊고 다시 아침 먹는 일로 돌아갔다. 샌드위치를 한입 베어 물며, 이끼처럼 끈적거리면서 귀찮게 하는 게 누군데, 하고 생각했다.

프란신이 샌드위치를 우물거리는 동안 엄마는 반대편에 앉아 한 손으로 찻잔을 감싼 채 무언가를 유심히 바라보고 있었다. 엄마가 유심히 보는 게 바로 자기라는 걸 프란신은 한참 깨닫지 못하고 있었다.

"엄마? 왜 그래?"

엄마가 눈을 깜빡였다.

"아, 아니. 그게 아니라……."

"엄마?"

엄마가 한숨을 푹 내쉬었다.

"그러니까…… 십대의 반항 같은 건가 싶어서. 그런 거야?"

"응?"

가끔 엄마 아빠는 꼭 이렇게 암호처럼 어렵게 말한다.

"네 머리 말이야."

엄마는 찻잔을 입으로 가져갔다가 마시지도 않고 내려놓았다.

"그러니까, 넌 그 남자애랑 담력 대결을 하느라 머리를 그렇게 했다고 하지만, 엄마는 자꾸, 음, 다른 생각이 드는걸. 혹시, 엄마가 이혼하는 것 때문에 화난 거야?"

프란신은 눈을 굴렸다. 맙소사, 엄마 아빠가 갑자기 바보같이 이혼을 하더니만, 이제 이혼 말고는 할 얘기가 없는 걸까?

"내가 말했잖아. 방송부 뉴스 앵커가 되려면 어쩔 수 없었다고."

프란신은 샌드위치를 크게 한입 베어 물었다. 이런 대화를 하느니 차라리 연어 아스파라거스 샌드위치를 먹는 게 나았다.

"내가 하는 모든 행동이 다 엄마 아빠 때문은 아니거든."

엄마는 아무 말 없이 한동안 찻잔만 들여다보았다. 그러더니 자리에서 일어나 싱크대로 가서 잔에 든 차를 천천히 버렸다. 이윽고 엄마는 몸을 돌리고 팔을 뻗어 싱크대에 기댄 채 서서 프란신을 자세히 살피더니 마침내 입을 떼었다.

"내가 보기엔 예뻐. 네 머리 말이야. 특이하네. 꽤 귀엽고."

프란신은 한쪽 눈을 찡그리고 엄마를 봤다. 프란신이 한 달 전에 머리를 녹색으로 물들였다면 절대로 예쁘다고 하지 않았을 엄마였다. 모르긴 몰라도 그때였으면 투표할 나이가 될 때까지 외출 금지령을 내렸을 수도 있다. 어쩌면 이혼 때문에 엄마가 좀 이상해졌는지도 모르겠다.

"개구리 같거든."

프란신은 냅킨을 구겨 작은 공처럼 뭉쳤다.

"게다가 다시는 원래대로 돌아가지 않을 것 같아."

지난 이틀간 머리를 열세 번이나 감았는데 아직도 양치류처럼 푸릇한 색깔이었다. 그보다 더 기분 나쁜 건, 캔자스에게 앙갚음할 임무를 아직도 생각해 내지 못했다는 것이다. 금요일 아침 이후, 방송부 아이들은 두 사람이 더 이상 서로에게 임무를 내지 못한다고 결정했다. 두 사람 덕분에 어쩌다 아이스크림 파티를 하긴 했지만, 방송부 아이들은 자기들이 먼저 투표를 해서 임무를 결정하지 못한 데에 불만을 보였다. 그래서 이제부터 모든 도전은 방송부원들이 정하기로 했다. 프란신도 그게 더 말이 된다고 생각했다.

하지만 그런 것도 이제 아무 소용 없었다. 여전히 프란신이 3 대 4로 지고 있었고, 앞으로도 절대 따라잡을 수 없을 것 같았다.

"난 영원히 개구리로 살아야 하나 봐."

엄마는 그 말에 대해 잠시 생각하더니 싱크대에 기댔던 몸을 일으키며 말했다.

"나에게 방법이 있어."

엄마는 프란신의 손을 잡고 의자에서 일으켜 세웠다. 프란신은 엄마가 이끄는 대로 응접실 의자에 가 앉았다. 엄마는 기다리라고 하더니 "재료가 필요해!"라고 외치면서 복도 저편으로 사라졌다.

다시 나타난 엄마 손에 검은 실핀과 고무줄이 잔뜩 들려 있었다.

프란신은 고개를 돌려 무슨 일이 벌어지는지 보려고 했지만 엄마가 머리통을 다시 돌려놓았다.

"깜짝 선물이야."

엄마는 프란신의 머리칼을 빗고, 당기고, 쥐었다 풀었다 했다.

프란신이 아주 어렸을 때 그랬던 것처럼 아프지 않게 조심조심 부드럽게.

"요가는 안 가?"

"아직 시간 있어. 고개 들고 가만히 있어. 옳지."

머리를 땋고 당기고 가르마를 타고 꼬고 하던 엄마가 마침내 "다 됐다!" 하고 선언했다. 엄마는 마지막 실핀을 프란신의 머리에 깊게 꽂으며 말했다.

"자, 거울로 보자."

프란신은 화장실로 따라가서 거울을 등지고 섰다. 엄마는 프란신이 뒷모습을 볼 수 있도록 얼굴 앞에 손거울을 들어 주었다. 머리 전체가 땋은 머리였다. 굵게 땋기도 하고, 가늘게 땋기도 하고, 땋은 가닥이 서로 겹치기도 하고 합쳐지기도 했다. 프란신의 머리는 커다란 초록색 미로가 되었다.

"정말 예쁘다. 고마워요, 엄마."

프란신은 거울을 들여다보며 말했다.

"봤지?"

엄마가 프란신 머리 위에 자기 머리를 올렸다. 거울에 두 사람의 머리가 눈사람처럼 세로로 나란히 보였다.

"넌 개구리가 아니야. 개구리의 마법을 풀어 주는 공주님이야."

'엄마와 하는 요가'에는 선생님을 빼면 아홉 명밖에 없었다. 프란신은 당연하다고 생각했다. 아침 먹은 게 다 꺼지기도 전에 요가를 하러 올 사람이 어디 있겠는가. 요가 교실에는 깡마른 열두 살짜리 남자애가 있었는데 운동복 바지를 얼마나 올려 입었는지 바지가 거의 겨드랑이 밑에 있었다. 그 애와 그 애 엄마는 요가를 너무 진지하게 하는 것 같았다. 곱슬머리 자매와 그 엄마는 유연성이 엄청나서 프란신은 그들이 요가를 엄청 오래 했을 것이라고 짐작했다.

그리고 좀 나이 든 여자분과 대여섯 살 된 여자아이도 하나 있었다. 그곳에서 제일 어린애였는데 갈색 머리를 대충 하나로 묶고 있었다. 그 애는 수업 내내 넘어지고 킥킥거렸다. 프란신은 나이 든 여자분이 그 애 할머니일 것이라고 추측했으나, 아이가 무뇨즈 아줌마라고 부르는 걸 보니 아닌 것 같았다.

프란신은 왼발을 오른쪽 오금에 대고 널빤지처럼 똑바로 서 보려고 최선을 다했다. 룰루 선생님이 "마음을 모아서 균형을 잡으세요."라고 여러 번 가르쳐 줘도 계속 넘어지기만 했다. 그래서 프란신은 룰루 선생님이 이상한 거라고 결론 내렸다.

"정말 재미있지?"

엄마가 '밑을 보는 개 자세'를 하느라 엉덩이를 쳐들고 다리를 부러지기 직전까지 뻗으면서 말했다.

"스트레스가 다 녹아 없어지는 것 같아. 다음 주에도 꼭 오자."

프란신은 뭐라고 반대할 힘도 없었다.

수업을 마친 후, 엄마가 접수처에 가서 한 달 수업에 등록하는 동안 프란신은 교실 앞 벤치에 주저앉았다. 앉기가 무섭게 아까 그 킥킥거리던 여자아이가 옆에 앉았다.

"안녕, 난 지니야."

프란신은 그냥 어깨만 으쓱했다. 수다를 떨 기분이 아니었다.

지니는 수다를 떨 기분인 듯했다.

"언니 이름은 뭐야?"

"프란신."

"언니 머리 예쁘다."

지니가 발을 공중으로 올렸다 내렸다 하며 말했다.

"간식 먹고 싶은 사람?"

고개를 들자 룰루 선생님이 시리얼 바가 가득 든 그릇을 들고 서 있었다.

"학생들을 위해 몇 개씩 준비해 둔단다. 수업 후에 영양 공급이 필요할 경우를 대비해서 말이야."

프란신은 다시 한번 어깨를 으쓱하고 시리얼 바를 집었다.

"지니는?"

룰루 선생님이 지니에게 그릇을 내밀며 물었다.

지니가 고개를 저었다.

"알레르기가 있어서요."

룰루 선생님이 어른들이 있는 쪽으로 가자 프란신은 시리얼 바 포장지를 뜯었다. 옆에선 지니가 계속 다리를 흔들며 앉아 있었다.

프란신은 다리 좀 그만 흔들라고 하고 싶었다. 그것 때문에 벤치 전체가 흔들렸기 때문이다. 그러려면 말을 걸어야 하는데 정말이지 그럴 기분이 아니었다.

"〈페어런트 트랩〉이라는 영화 봤어?"

지니가 난데없이 물었다. 프란신은 고개를 들었다.

"학교 친구 스테파니가 이야기를 하더라고. 난 아직 못 봤는데. 진짜 재밌을 것 같아."

프란신은 고개를 끄덕였다. 몇 년 전에 본 영화였다. 쌍둥이 자매가 이혼한 부모를 만나게 만들어서 사랑에 빠지게 한 다음 다시 결혼하게 한다는 내용이었다. 프란신은 시리얼 바를 한입 베어 물었다. 시리얼 바를 씹으면서 말했다.

"응. 재밌었어."

"무뇨즈 아줌마가 그거 빌려 주신댔어. 꼭 보고 싶어. 우리 엄마 아빠도 이혼하거든."

"아." 하며 프란신은 씹던 입을 멈췄다.

"스테파니가 그러는데, 영화에서 엄마 아빠가, 음, 진짜 멋지게 데이트를 하고는 서로 얼마나 사랑하는지 깨닫는대. 우리 엄마 아빠한테도 그런 게 통할까?"

프란신은 티셔츠에 떨어진 부스러기를 떼어 내며 말했다.

"어쩌면."

"우리 오빠가 도와줄 거야. 틀림없어."

지니가 다시 다리를 흔들며 말했다.

"우리 오빠 진짜 좋아. 날 얼마나 잘 도와주는데. 숙제할 때만 빼고. 요새는 숙제가 진짜 많은가 봐. 우리 오빠 진짜 똑똑해. 언니는 엄마 아빠가 이혼한다 그러면 어떡할 것 같아?"

프란신은 끈적거리는 손가락을 핥았다.

"넌 어떻게 시리얼 바에 알레르기가 있어? 그런 얘기는 처음 들어 봐."

다행히 지니는 프란신이 화제를 바꾼 걸 눈치채지 못한 듯했다.

"시리얼 바가 아니라 땅콩 때문이야. 땅콩을 아주 조금만 먹어도 얼굴이 울퉁불퉁 빨갛게 부풀어 오르거든. 그럼 바로 병원에 가야지 안 그럼 죽을 수도 있어."

지니는 발을 더 세게 흔들면서 설명했다.

"그럼 땅콩 맛 아닌 걸 고르면 되잖아. 그리고 이건 초콜릿 칩이야."

프란신은 자기가 먹은 시리얼 바의 포장지를 보라고 건넸다.

지니는 고개를 저었다.

"여기에도 미량의 땅콩이 들어 있어. 전부 다 그래. 거의 다. 시리얼 바, 빵, 초콜릿, 어떤 때는 칠리에도 들어 있다니까. 모든 걸 다 확인해야 해. 엄마는 나 때문에 장보기가 정말 성가시대."

지니는 손가락을 꼽으며 말한 뒤 씩 웃었다.

"초콜릿도 못 먹어?"

프란신은 이보다 끔찍한 이야기를 들은 적이 없었다.

"못 믿겠으면 포장지를 봐 봐. 틀린 사람이 물구나무서기 하기."

프란신은 포장지를 납작하게 펴고 성분을 읽었다. 아니나 다를까, 지니 말이 맞았다.

"주의: 미량의 땅콩이 들어 있을 수 있습니다."

"물구나무서기 해!"

지니가 외쳤다. 한 시간 동안 요가를 했건만 프란신은 죽었다

깨나도 물구나무서기를 하지 못했다. 눈을 감고도 해 보고, 숨을 참고도 해 보고, 등을 벽에 대고도 해 봤다. 하지만 매번 바닥에 철퍼덕 무너져 내렸다. 다섯 번쯤 시도한 후에는 지니도 같이 하기 시작했다. 지니도 별로 다르지 않았다. 얼마 지나지 않아 두 소녀는 함께 킥킥거리며 물구나무서기를 했다가 넘어지고, 했다가 넘어지고를 반복하고 있었다. 둘은 물구나무서기 대신 자기들만의 요가 자세를 만들어 보기로 했다. 그러면서 지니는 프란신에게 오빠 이야기를 더 했다. 지니의 오빠는 참 똑똑하고 재미있고 용감한 아이인 듯했다.

"오빠는 농구도 엄청 잘해. NBC 선수라고 해도 믿을걸."

지니가 인간 회오리마냥 양팔을 몸통 주위로 꼬면서 말했다.

"NBA 말이니?"

프란신이 물었다. 프란신은 벽에 비스듬히 다리를 걸친 채 한 손은 머리 옆에 대고 다른 한 손을 옆으로 뻗어 균형을 잡았다.

"아, 그거다. NBA."

"드디어 요가에 재미를 붙였구나."

프란신을 데리러 온 엄마가 말했다.

프란신은 거꾸로 보이는 엄마 얼굴을 쳐다봤다.

"이건 '밑을 보는 기니피그 자세'야."

그렇게 말하는데 지니가 겨드랑이 간질이기 공격을 해 오는 바람에 프란신은 또다시 넘어지면서 웃음을 터뜨렸다.

"다음 주에도 올 거지, 프라니 언니?"

평소 프란신은 사람들이 자기를 프라니라고 줄여 말하는 걸 싫어하지만, 지니는 무척 귀여워서 그렇게 불러도 괜찮았다.

"응. 너도?"

"당연하지."

함께 차로 걸어가며 프란신의 엄마가 미소를 지었다.

"봐, 그렇게 재미없진 않았지?"

프란신은 대답 대신 툴툴거렸다. 그간의 경험상, 엄마 아빠 말이 맞았을 때도 모르는 척하는 게 훨씬 나으니까.

집까지 겨우 반 블록 남았을 때 프란신은 차고 앞에 서 있는 낯익은 파란색 자동차를 알아보고 소리쳤다.

"아빠다!"

엄마는 아무 반응도 하지 않았다. 대신 천천히 차를 몰아 집 앞에 차를 세웠다. 아빠 차 옆에도 공간이 넉넉했지만 엄마는 그리로 들어가지 않았다. 그냥 길에다 차를 세우고, 차고 앞 빈 공간을 뚫어져라 쳐다봤다.

"엄마? 주차 안 해?"

엄마는 두 손을 운전대에 올려놓고 있었다.

"우리 요거트 아이스크림 먹으러 갈까?"

프란신은 시계를 봤다.

"지금 11시야."

"그럼 점심 먹으러 갈까? 딸기 팬케이크 먹으면 되겠다."

엄마가 손으로 운전대를 쓰다듬으며 말했다.

지난번에 프란신이 딸기 팬케이크를 주문하려고 했을 때 엄마는 그걸 먹느니 주사기로 혈관에 설탕을 집어넣는 게 낫겠다고 했었다. 프란신은 "난 아빠 얼굴 볼래." 하면서 차 문을 열었다.

프란신은 엄마가 "프란신!" 하고 부르는 소리를 무시하고 한 쪽 다리를 차 밖으로 뻗었다.

"프란신!"

프란신은 천천히 다리를 다시 차 안으로 들이고 엄마를 봤다. 엄마는 숨을 길게 들이쉬었다가 내쉬었다. 그리고 마침내 입을 열었다.

"네 아빠는 오늘 오후에 새 아파트로 이사할 거야. 지금 이삿짐 싸느라 집에 와 있는 거고. 짐 싸는 동안 내가 나가 있겠다고 했는데…… 이렇게 오래 걸릴 줄 몰랐어. 이럴 줄 알았으면……. 우리, 점심 먹으러 가자, 응? 지금은 아빠에게 시간을 주는 게 좋을 것 같아."

좋다고? 대체 누구에게 좋다는 말일까?

프란신은 엄마를 한 번 보고, 집을 한 번 봤다.

프란신은 다시 차 밖으로 발을 내밀었다.

"프란신!" 하고 엄마가 다시 불렀지만 듣지 않았다. 프란신은 차고 앞을 성큼성큼 가로질러 현관문을 열었다.

"아빠! 우리 왔어요!"

프란신은 거실 쪽으로 소리쳤다. 하지만 집 안으로 들어갈 수가 없었다. 상자들 때문이었다. 사방에 상자가 가득했다. 반쯤 열린 채 신문지가 비죽 튀어나온 상자도 있고, 옷이 가득 든 커다란 비닐봉지도 여러 개 있었다. 아빠는 소파에 앉아 탑처럼 생긴 높다란 CD장을 살피고 있었다.

"안녕, 콩깍지. 내일이나 볼 줄 알았는데."

아빠가 일어서며 프란신을 맞았다.

프란신은 목 안쪽에서 뭔가 울컥하는 걸 느꼈다. 좋지 않은 느낌이었다. 자기가 좀 더 똑똑했더라면 이런 일은 일어나지 않았을 텐데. 그 〈페어런트 트랩〉에 나오는 아이들처럼 일을 해결할 줄 알았으면 이런 말도 안 되는 일은 없었을 텐데.

"아빠."

프란신은 간신히 대답했다.

엄마가 현관에 나타나더니 팔로 프란신을 감쌌다. 프란신의 어깨 옆에서 차 열쇠가 짤랑거렸다.

"도널드."

엄마가 말했다.

아빠는 황급히 CD장으로 눈을 돌렸다.

"오랜만이야, 세실리."

그러고는 모두 거기 그대로 서 있었다. 세 사람은 자기 집에서 문도 닫지 않은 채 2분이 다 되도록 말없이 서 있었다. 마치 서로 모르는 사이처럼.

전화가 울리자 프란신이 뛰어가서 받았다. 마침내 집에서 무슨 소리라도 나는 게 고마울 정도였다.

"여보세요?"

"프란신, 나야."

"응?"

프란신은 그게 누구 목소리인지 바로 알아듣지 못했다. 현관에 널빤지처럼 꼿꼿이 서서 마치 보석을 보듯 자동차 열쇠를 들여다보고 있는 엄마를 보느라 정신이 없었기 때문이다.

"바보. 나탈리지 누구니? 나 지금 갈까?"

아빠는 엄청난 속도로 CD를 상자에 던져 넣고 있었다. 누가 보면 CD 던지기 세계 신기록에 도전하는 사람인 줄 알았을 것이다. 깨진 케이스가 벌써 30개는 넘을 것 같았다.

"프란신?"

"음, 지금은 좀 그래. 내가 음, 집안일을 도와야 해서."

"내가 도와줄게. 나 진공청소기 잘 돌려. 너희 엄마 아빠께 여쭤 봐. 된다고 하실 게 틀림없어."

"그런데 내가……."

"어서 널 꾸며 주고 싶단 말이야. 내가 발견한 웹사이트가 있는데 헤어스타일 멋진 게 진짜 많아. 네 머리 색이 초록색인지 아무도 몰라볼 정도로 예쁘게 해 줄 수 있어."

엄마는 문 옆 탁자에 놓인 우편물을 훑어보고 있었다. 아직 집 안으로 다섯 걸음도 안 들어왔다. 아빠는 CD 상자에 얼마나 깊이 머리를 박고 있는지 그대로 숨이 막혀 버릴 것 같았다.

"내 머리는 우리 엄마가 벌써 해결해 줬어."

"그래?"

"응, 진짜 예뻐. 내일 학교에서 보여 줄게. 알았지?"

"그렇지만……."

"가 봐야겠다. 나중에 전화할게. 안녕!"

프란신은 전화를 끊었다.

프란신과 아빠는 남은 오전 내내 이삿짐을 쌌다. 엄마는 갑자기 장을 봐야 한다며 나가 버렸다. 셔츠 한 장 한 장, 잡지 한 권 한 권, 면도 크림, 서재 벽에 붙어 있던 졸업장까지 다 상자에 넣었다. 하다 보니 이것도 프란신이 생각했던 것만큼 끔찍한 일은 아니었다. 두 사람은 점심으로 바나나 샌드위치와 초콜릿 밀크셰이크를 먹은 다음, 아빠가 제일 좋아하는 음악을 틀어 놓고 춤을 추면서 테이프로 상자를 봉했다.

집을 둘로 나누는 일이 그렇게 신 나는 건 아니었지만, 그렇다고 그렇게 비참한 것도 아니었다. 엄마는 아주 긴 쇼핑 끝에 비싸 보이는 핸드 로션 한 병만 달랑 사 들고 오후 늦게 돌아왔다. 그때 프란신은 깨달았다. 이제 엄마 아빠는 서로가 없을 때에만 예전의 엄마 아빠처럼 행동한다는 것을. 슬픈 일이었다.

14.
골프공 세 개

"기울지 않았니?"

무뇨즈 씨가 사다리 위에서 소리쳤다. 아저씨는 차고 문 위쪽에서 농구 골대를 머리 위로 들고 있었고, 캔자스는 사다리를 붙잡고 있었다. 캔자스는 무뇨즈 씨가 사다리에서 떨어져서 딱딱한 시멘트 바닥에 부딪힐까 봐 걱정했지만 아저씨는 자기가 할 수 있다고 고집했다.

"괜찮은 것 같아요."

캔자스가 외쳤다.

결국 캔자스가 두 손을 들고 무뇨즈 씨네 앞마당에 농구 골대를 달기로 한 것이었다. 슛 연습을 할 장소가 생기는 것도 괜찮을 것 같았고, 무뇨즈 아줌마가 지니와 함께 요가 교실에 간 사이에 아저씨가 정말 심심해 보이기도 해서였다.

"좋아, 고맙다!"

무뇨즈 씨는 드릴로 구멍을 낼 자리를 연필로 표시한 다음 조심조심 사다리에서 내려와 골대를 바닥에 내려놓았다. 아저씨는 전기 드릴을 들고 턱으로 공구함을 가리키며 말했다.

"64분의 9짜리 좀 건네 다오."

"네?"

전기 드릴의 꼭지를 풀던 무뇨즈 씨가 고개를 들었다.

"드릴 날 말이야. 알지?"

캔자스는 발끝으로 땅을 찼다. 그런 건 누구나 당연히 아는 걸까?

"아뇨, 몰라요."

"이리 가져와 봐라. 내가 가르쳐 줄 테니."

무뇨즈 씨는 캔자스에게 드릴 날의 모든 것에 대해 알려 주었다. 다양한 크기의 드릴 날을 어디에 쓰는지, 드릴에 어떻게 끼우는지, 드릴을 어떻게 잡는지, 그리고 잠금장치를 잘 점검해야 사고로 눈에 구멍을 내는 일이 없다는 것까지.

"와, 재밌네요."

캔자스는 버튼을 눌러 드릴을 드르륵드르륵 돌려 보았다. 드릴이 손 안에서 진동했다.

"이런 건 목수 일을 하면서 배우신 거예요?"

아저씨는 수염을 긁적이며 말했다.

"그렇지. 공구를 꽤 오래 만졌지. 그러고 보니, 난 늘 조수가 필요한데 말이야. 혹시 네가 할 마음이 있으면 말이다."

캔자스는 어깨를 으쓱했다. 드릴로 구멍을 뚫고 망치질을 하는 일이 재미있을 것 같긴 했지만, 어른들은 말로는 도움이 필요하다고 하면서도 진짜 그런 게 아니라는 걸 캔자스는 잘 알고 있었다.

아빠도 집에 뭔가 수리할 게 있으면 도와 달라고 해 놓고선 끝에 가서는 애들은 망치와 구멍도 구별 못 한다고 투덜거리면서 자기가 다 해치웠다.

"생각해 볼게요."

"그러렴."

무뇨즈 씨는 캔자스에게 다시 드릴을 건네며 물었다.

"네가 해 볼래?"

"정말요?"

"그럼. 연필로 표시한 곳에 구멍을 뚫으면 돼. 내가 사다리를 잡고 있으마."

캔자스는 사다리를 오르기 시작했다. 오른손에 드릴을 꼭 쥔 채 한 걸음 한 걸음 조심조심. 꼭대기에 올라가서 캔자스는 아저씨를 내려다보았다.

"어서 해 봐! 내가 붙들어 매고 있으니까!"

아저씨가 두 손으로 사다리를 잡고 말했다.

캔자스는 농구 골대의 왼쪽 위에 해당하는 연필 자국을 찾은 다음, 아저씨가 가르쳐 준 대로 드릴 날을 직각으로 제자리에 맞추었다. 그리고 전원을 넣고 드릴질을 시작했다.

드르륵드르륵! 드르륵드르륵!

처음엔 약간의 자국만 나면서 작은 나선 모양으로 팬 나뭇조각이 나왔다. 그런데 갑자기 드릴이 쑥 들어가면서 구멍이 났다. 캔자스는 드릴을 반대 방향으로 돌려 구멍에서 날을 뺐다.

"첫 번째 구멍을 뚫었어요!"

"선수로구나!"

무뇨즈 씨가 큰 소리로 대답했다.

'선수로군!'

캔자스는 혼자 미소를 지었다.

캔자스는 두 번째, 세 번째 구멍도 멋지게 뚫었다. 이제 하나만 더 뚫으면 나사못으로 골대를 달 수 있었다. 그러면 캔자스도 다시 진짜 농구 선수처럼 드리블을 하고 슛을 할 수 있을 것이다. 새 학교에서 농구부에 가입하지 않은 게 후회될 정도였다.

마지막 구멍을 반쯤 뚫었을 때, 뒤쪽 거리에서 커다란 경적이 들려왔다. 캔자스는 그 소리를 무시했다.

사다리 위는 아슬아슬했고, 계속 정신을 집중해야만 했다.

빵! 빵!

캔자스는 계속 드릴질을 했고, 무뇨즈 씨가 차를 향해 소리쳤다.

"무슨 일 있소?"

드르륵드르륵! 드르륵드르륵!

"그로브 가가 어느 쪽입니까?"

드르륵드르륵! 드르륵드르륵!

"여기가 그로브 가요. 어느 집을 찾으시나?"

무뇨즈 씨가 사다리를 잡은 채 말했다.

드르륵드르륵! 드르륵드르륵!

"깜빡하고 번지수를 안 적어 왔는데, 혹시 수지 블룸이라고 아시는지요. 캔자스와 지니라는 아이 둘이 있고요."

캔자스는 손을 멈추고 사다리 위에서 몸을 돌렸다.

설마? 아니겠지.

설마가 맞았다.

드릴이 엄청난 소리를 내며 땅에 떨어졌다. 다행히 무뇨즈 씨의 머리를 살짝 비켜났다.

차에 탄 사람은 캔자스의 아빠였다.

* * *

"좋아. 빨강, 주황, 파랑이 있어."

아빠가 말했다. 지니가 소리쳤다.

"주황!"

아빠가 주황색 골프공을 지니에게 휙 던졌다.

"캔자스는?"

캔자스는 골프채를 땅에 쿵 박으며 웅얼거렸다.

"아무거나."

"그럼 빨강."

아빠는 캔자스에게 빨간색 골프공을 건넸다. 캔자스는 공을 윗옷 주머니에 쑤셔 넣었다. 미니 골프를 하기엔 너무 추운 날씨였다. 12월 중순에 미니 골프를 하는 사람이 어디 있담!

지니는 첫 번째 홀을 향해 걸어가며 손뼉을 쳤다.

"내가 먼저 할래. 내가 제일 어리니까. 맞지?"

아빠는 씩 웃더니 지니를 들어 올려 목말을 태우고는 목청껏 노래를 불렀다.

"오라, 이리 오라, 아름다운 버지니아여!"(롤링 스톤즈가 1972년에 발표한 〈Sweet Virginia〉의 한 구절: 옮긴이)

아빠가 무릎 뒤쪽을 간질이자 지니가 깍깍거리며 골프채를 마구 휘둘렀다. 캔자스는 눈을 한 번 굴리고는 몸을 숙여 지니의 골프채를 피했다. 지니는 아빠가 저 노래를 부르면 정말 좋아한다.

"게임 할 거예요, 말 거예요?"

아빠는 어깨 위의 지니를 훌쩍 내려놓았다.

"하겠습니다, 대장!"

이렇게 말하며 아빠가 캔자스에게 경례를 하자 지니가 킥킥 웃었다.

캔자스는 바스토우 퍼트퍼트 같은 데서 두 사람과 함께 일요일 오후를 보내고 싶지 않았다. 정말이지 여기만 아니면 세상 어디라도 좋았다. 하지만 캔자스가 뭘 원하는지 아무도 묻지 않왔다.

"엄마는 아빠가 온다는 말도 안 해 줬어."

지니가 공을 조준하며 말했다. 캔자스는 그 공이 경사로를 올라가 풍차에 들어갈 리 없다는 걸 벌써 알 수 있었다. 지니가 한참 왼쪽을 겨냥하고 있었으니까.

아빠가 지니 뒤에 서서 지니의 골프채를 제대로 된 방향으로 조금 틀어 줬다.

"엄마는 몰랐거든. 실은 아빠도 이렇게 될 줄 몰랐는걸. 어젯밤에 그냥 차를 몰고 돌아다니고 있었어. 어디 딱히 갈 데도 없이. 그러다가, 야, 우리 귀염둥이들이 보고 싶네, 가서 봐야지 하는 생각이 들었지. 그래서 여기로 온 거야."

아빠는 연습 삼아 채를 휘두르는 지니의 팔을 잡아 주며 말했다. 지니와 아빠가 함께 골프채를 휘둘렀다. 공이 경사로를 타고 똑바로 올라가서 풍차로 쏙 들어갔다.

"열두 시간 동안 한 번도 안 멈추고 운전을 했다는 거네요."

캔자스가 말했다. 그곳에서 이곳까지가 열두 시간 거리라는 걸 캔자스가 아는 이유는 베개, 담요, 겨울 코트 등과 함께 엄마와 지니와 함께 이삿짐 트럭에 구겨 타고 이사 올 때 시간을 재 보았기 때문이다. 지니는 기절하듯 잠들 때까지 캔자스 귀에 대고 "저 산을 돌아서"(미국 민요에서 유래한 동요 〈Coming 'Round the Mountain〉: 옮긴이)를 고래고래 불렀더랬다.

"아빠는 열 시간 만에 오지. 어쨌든 오길 잘했지 뭐냐."

아빠가 씩 웃고는 지니의 머리를 헝클어뜨리며 말했다.

"아빠가 와서 좋지 않아?"

"너무 좋아."

지니가 말했다. 캔자스는 대답하지 않았다.

"네 차례야, 우리 챔피언. 아빠가 어떻게 겨냥하는지 가르쳐 준 거 기억하지?"

아빠가 캔자스에게 말했다.

"알고 있어요."

캔자스가 투덜거리듯 말했다. 그리고 주머니에서 공을 꺼내 잘 겨냥한 다음 한 번에 풍차 속에 집어넣었다.

"잘했어!"

아빠가 외쳤다.

다음으로 공을 컵에 넣을 차례가 되었을 때 아빠가 물었다.

"새 학교는 어때, 챔프? 뭐 신 나는 일은 없었어?"

'새 학교가 어떤지 진짜로 알고 싶었으면 전화 한 통이면 됐잖아요?' 하고 대꾸하고 싶었지만 캔자스는 그냥 이렇게 대답했다.

"아니, 별일 없어요."

캔자스는 공을 컵에 넣은 다음 점수 카드에 막대기를 두 개 그려 넣었다.

"정말 아무 일도 없어? 넌 늘 재미있는 일을 벌이잖아."

지니가 겨냥하는 걸 보며 아빠가 물었다.

지니가 채를 휘둘렀지만 공은 컵에 들어가지 않았다. 다시 했지만 또 실패였다.

"오빠는 신문부야. 맞지, 오빠?"

"신문부? 별로 재미없을 것 같은데, 어때?"

"방송부예요. 그리고 정말 재미있어요. 학교에서 제일 좋은 특별 활동반이라서 다들 들어오고 싶어 난리예요. 그리고 난 다음 학기에 뉴스 앵커를 맡게 될 거예요."

아마도 그럴 것이다. 지난주 금요일까지 4 대 3으로 캔자스가 앞서고 있었으니까.

지니는 다섯 번 채를 휘두른 다음 결국 포기하고 손으로 공을 집어 컵에 넣어 버렸다.

"난 여섯 번 쳤어."

캔자스가 점수를 기록했다.

"뉴스 앵커라, 멋진데?"

두 번째 홀로 걸어가면서 아빠가 말했다. 이번에는 구멍 앞에 추처럼 왔다 갔다 하는 통나무가 매달려 있었다. 캔자스는 이런 홀은 별로였다.

"신문은 좀 아니지."

아빠는 얼굴을 한껏 찡그렸다.

"난 네가 올해도 농구를 할 줄 알았어. 넌 농구를 참 잘하잖아."

"이 학교엔 농구부가 없어요."

"있어! 기억나? 엄마가 오빠더러 계속 농구부에 가입하라고 했던 거. 근데 오빠가 신문부에 들어갔잖아."

"연습할 데가 없으니까."

"하지만 무뇨즈 아저씨가……."

캔자스가 동생 배를 쿡 찔렀다.

아빠가 갑자기 이렇게 말했다.

"나에게 좋은 생각이 있다. 내일 공원에 가자. 어때, 챔프? 너희 사는 집을 찾다가 공원을 봤거든. 거기 진짜 좋은 농구 코트가 있더라. 거기 가서 연습 좀 하자. 우리 지니에게도 몇 가지 동작을 가르쳐 주자고."

지니는 벌써 신이 나서 펄쩍펄쩍 뛰었다. 공원에 가는 게 이 녀석 평생에 일어난 일 중 제일 즐거운 일인 것처럼 보일 정도였다.

아빠가 웃음을 터뜨리며 말했다.

"그럼 정한 거다. 학교 끝나고 아빠가 데리러 갈게. 거기서 바로 공원에 가서 몸 좀 풀자."

"하지만 엄마가……."

"엄마에겐 내가 말해 둘게. 걱정 마, 아들. 자, 그럼 이번 홀은 누가 먼저 칠까? 아들?"

18홀을 다 끝낸 후, 아빠가 추러스와 음료수를 사 오는 동안 캔자스와 지니는 밖에 있는 테이블에 앉아 기다렸다. 캔자스는 굴러다니는 빨대 포장지를 아코디언처럼 접었고, 지니는 앉은 채로 몸을 방방 움직였다.

"오빠, 그거 알아?"

"뭘?"

캔자스가 투덜거리듯 물었다. 지니가 벤치를 어찌나 심하게 흔들어대는지 금방이라도 우주 공간으로 발사될 것 같았다.

"아빠는 이리로 이사 올 거야."

캔자스가 고개를 들었다.

"여기 미니 골프장으로?"

"바보. 캘리포니아 말이야. 우리 사는 데로."

캔자스는 다시 빨대 포장지를 접기 시작했다.

"아니. 그럴 일 없어."

"그럴 일 있어. 아빠가 그랬어."

"아니. 그럴 일 없어."

"아빠가 나한테 그랬다니깐. 아까 오빠 화장실 갔을 때. 여기 날씨가 참 좋기도 하고 우리도 보고 싶어서 여기로 이사 올 거라고 했어. 그럼 우리도 아빠를 맨날 볼 수 있고, 그리고……."

캔자스는 더 이상 참지 못하고 소리를 질렀다.

"지니! 아빠는 여기로 이사 왔다가 또 금방 어디론가 떠나 버릴 거야. 전에도 그랬잖아. 그러니까 아빠랑 같이 있는 것에 너무 익숙해지지 마."

지니가 눈을 가늘게 뜨고 캔자스를 쳐다봤다.

"오빠 나빠. 아빠도 이리로 이사 올 거라고. 진짜로. 오빠는 아무것도 모르면서 막 그래."

캔자스가 내쉰 한숨이 너무 세서 빨대 포장지가 테이블 저쪽까지 날아갔다.

"알았어."

싸울 가치도 없는 일이었다.

아빠가 추러스와 음료수를 들고 이쪽으로 걸어오고 있었다. 나초와 아이스크림도 들고 있었다.

"미안."

"오빠는 미안해야 돼."

지니가 그렇게 말하는 순간 아빠가 옆에 앉았다.

캔자스는 지니보다 훨씬 더 오래 아빠를 보아 왔다. 3년이나 더. 아빠가 말은 어떻게 할지 몰라도 정말로 캘리포니아로 이사 올 일은 절대 없으리란 걸 캔자스는 잘 알았다. 지니가 크게 착각하고 있는 것이다. 캔자스는 그것도 잘 알고 있었다.

하지만 아주 짧은 순간, 그런 건 몰랐으면 좋겠다고 캔자스는 생각했다.

15.

케첩 87봉지

점심시간 학교 식당에 줄지어 선 음식 그릇 맨 끝에는 작은 케첩 봉지가 87개 들어 있는 바구니가 있었다. 프란신은 그 개수를 정확히 알았다. 바로 지금 자기 앞에 그 케첩들이 커다란 산더미처럼 쌓여 있기 때문이었다.

"서두르는 게 좋겠어. 종이 치기 전에 끝내야 해."

맞은편에 앉은 알리시아가 말했다.

프란신은 봉지 하나를 집어 들었다.

"이거 전부?"

프란신은 그렇게 묻는 자기 목소리가 떨리는 걸 아무도 듣지 않았기를 속으로 기도했다.

"그렇게 정해졌는걸."

루이스는 대답하면서 마치 이번 임무에 찬성표를 던진 걸 후

회한다는 듯이 얼굴을 찌푸렸다.

'카페테리아에 있는 일회용 케첩 전부 먹어 치우기'는 그날 아침 브랜던이 프란신에게 내놓은 임무였고, 방송부원의 만장일치로 통과되었다. 심지어 나탈리까지 찬성했다.

'이건 정말 불공평해.' 하고 프란신은 생각했다.

캔자스는 누군가 그 애 이름을 부를 때마다 늑대처럼 울부짖기만 하면 되었다. 테이블 저쪽 구석에서 캔자스가 팔짱을 끼고 프란신을 향해 씩 웃었다.

"아직 포기 안 했어? 여기서 1점을 더 잃으면 5 대 3."

프란신이 캔자스를 노려보았다.

"넌 아직 5점을 따지 않았거든, 캔자스!"

캔자스도 지지 않고 그녀를 노려봤다. 그러더니 입을 쫙 벌리고 늑대처럼 울부짖었다.

"아아아아 우우우우우우!"

프란신은 아무도 눈치채지 못하게 살짝 미소 지었다. 어쩌면 캔자스의 임무도 그리 쉽지 않을 것 같았다. 프란신은 케첩 봉지 한 개를 뜯었다.

프란신은 케첩을 입으로 가져갔다. 내용물을 입에 짜 넣었다.

"한 개!"

케첩을 모두 삼킨 프란신은 빈 케첩 봉지를 탁 하고 테이블에 내려놓은 다음 외쳤다.

"하나 더 줘."

루이스가 재빨리 봉지를 뜯어 프란신에게 건넸다.

"두 개."

루이스가 숫자를 세고 프란신은 케첩을 먹었다.

사실 케첩을 다 먹으라는 임무는 그날 프란신이 겪은 최악의 사건이 아니었다. 더 끔찍한 일은 나탈리가 프란신을 쳐다보지도 않으려고 했던 것이다. 심지어 프란신 쪽으로 눈길도 한 번 주지 않았다. 아침에 방송부 교실에 들어온 이후 나탈리는 프란신에게 한마디도 하지 않았다.

프란신이 어제 집에 나탈리를 오지 못하게 한 이유를 설명하려고 해도 말을 붙일 수조차 없었다. 그리고 첫 번째 쉬는 시간에 나탈리는 푸딩을 알리시아에게 줬다. 알리시아에게! 심지어 플라스틱 숟가락까지 쓰게 해 주었다.

프란신은 21번째 케첩 봉지를 입에 짜 넣었다. 목 뒤에서 땀이 나기 시작했다.

22번째. 머리가 조금씩 지끈거리기 시작했다.

건너편에 앉아 있던 알리시아가 나탈리의 귀에 대고 뭐라고 속삭이더니 둘이 킥킥 웃었다.

프란신은 케첩 봉지를 하나 더 움켜쥐고 입구를 찢었다.

44개. 두 번째 방귀가 나오려고 했다. 이제 프란신은 빛의 속도로 케첩을 먹고 있다.

51개. 이제 엠마와 루이스가 이름을 부르며 응원하기 시작했다.

"프란신! 프란신!"

62개. 프란신은 속도를 늦추지 않고 케첩을 짜 넣고 있었다. 듀프레 선생님이 테이블 옆을 지나갈 때 잠깐 주춤한 것 말고는 단 한 번도 쉬지 않았다. 선생님이 보지 못하게 루이스가 빈 케첩 봉지 더미 위에 자기 코트를 덮었다. 프란신 일당은 케첩은 한 사람당 두 개까지라는 학교 규칙을 어기고 있었으니까.

70개. 프란신이 트림을 했다. 썩은 토마토 냄새가 났다. 테이블에 앉아 있던 모두가 움찔 몸을 뺐다.

"2분 있으면 점심시간 끝나는 종이 울려. 정말 포기 안 해?"

브랜던이 물었다.

프란신은 고개를 끄덕이며 계속 케첩을 먹었다.

71개. 프란신은 이마를 훔쳤다. 초록색 머리카락 한 가닥이 길게 삐져나와 있었다. 뺨이 케첩 범벅이 된 게 느껴졌다.

75개. 할 수 있다. 할 것이다. 해야만 한다.

83개. 프란신은 루이스가 건넨 케첩 봉지를 받아 들었다. 봉지를 든 손이 살짝 떨렸다. 프란신은 잠시 케첩을 노려보며 숨을 깊게 쉬었다. 숨결이 불안했다. 프란신은 잠깐 숨을 골라야만 했다.

테이블 주위의 모두가 숨을 죽이고 조용히 기다렸다.

프란신은 들고 있던 케첩을 먹었다.

84개. 아이들은 점점 더 흥분했다. 루이스와 엠마가 큰 소리로 프란신의 이름을 부르며 응원했고, 심지어 알리시아와 안드레까지 목소리를 보탰다.

"프란신! 프란신!"

85개. 앞으로 두 개.

86개. 엠마는 환호성을, 루이스는 박수를, 알리시아는 함성을 보냈다. 그리고 그때…….

꾸르륵꾸르륵! 꾸르륵꾸르륵!

끔찍하기 짝이 없는 소리가 났다. 프란신의 배 속에서 아까 먹은 점심이 요동치는 소리였다. 프란신은 아이들 얼굴에 떠오른 표정을 보고 모두가 그 소리를 들었다는 걸 알았다. 프란신이 기억하기론 이렇게 속이 메슥거린 건 평생 처음이었다.

케첩 86봉지. 실제로 먹어 보니 정말 많은 양이었다.

"토할 거냐?"

브랜던이 비아냥거리는 표정을 감추지 않고 물었다.

"케첩을 다시 다 토해 버리면 무효야."

"맞아. 토하면 무효야."

안드레가 거들었다.

프란신은 침을 꾹 삼켰다.

"토 안 해."

하지만 프란신의 배 속은 생각이 달랐다.

또다시 꾸르륵꾸르륵! 꾸르륵꾸르륵!

테이블 저쪽에서 캔자스가 프란신을 보고 얼굴을 찌푸렸다.

"너 상태가 안 좋아 보여. 양호실에 가 보지 그래."

"너야말로 상태가 안 좋아 보이는데? 캔. 자. 스!"

프란신이 이마의 땀을 닦으며 쏘아붙였다.

캔자스가 마지못해 내지른 늑대 울음소리에 힘을 얻어 프란신은 마침내 87번째 케첩 봉지까지 먹어 치웠다.

프란신은 테이블에 머리를 댔다. 해냈다. 4점이다. 적어도 지금 이 순간은 캔자스와 동점이었다.

꾸르륵꾸르륵! 꾸르륵꾸르륵!

프란신은 얼굴을 들었다. 케첩 봉지 하나가 이마에 달라붙은 채였다.

"아무래도 양호실에 가야겠어."

프란신은 케첩 봉지를 떼어 내고 천천히 테이블 밑에서 한쪽 다리를 들어 벤치 너머로 옮겼다.

"내가 같이 갈게!"

엠마가 벌떡 일어서며 겨드랑이에 손을 넣어 프란신을 일으켰다. 식당에서 나오면서 엠마가 물었다.

"괜찮니?"

프란신은 뒤를 돌아보았다. 브랜던은 계속해서 캔자스를 늑대처럼 울게 하고 있었고, 알리시아는 계속해서 나탈리를 킥킥 웃게 하고 있었다.

"응. 괜찮아질 거야."

프란신은 엠마의 어깨에 팔을 두르며 말했다.

"괜찮아지고말고."

16.

겨자병

"재, 괜찮을까?"

프란신이 엠마의 도움을 받아 양호실로 향하는 모습을 보며 캔자스가 물었다.

브랜던이 어깨를 으쓱했다.

"아마 토할걸."

"그러게. 분명히 토할걸."

안드레가 거들었다.

"제발."

나탈리가 걱정스러운 눈빛으로 문 쪽을 흘끔거리며 말했다.

"괜찮은지 보러 가야 할 것 같아."

하지만 나탈리는 일어나지 않았다.

"토하고도 남아. 케첩 89봉지를 먹고 토하지 않는 사람이 어디 있어."

브랜던이 말했다.

"87개야. 그리고 나라면 토하지 않을 거야."

"너라고 뭐 별수 있냐?"

캔자스가 고개를 저으며 말했다.

"나를 토하게 만드는 건 빙빙 도는 임무들뿐이야. 한번은 리키하고 윌이 공원에 있는 회전 놀이 기구 가운데 기둥에다 내 신발 끈을 묶으라는 임무를 냈거든. 그리고 전속력으로 100번을 돌리는 거였지. 그땐 속에 있던 걸 다 게워 내고 말았어. 빙빙 도는 건 정말 구역질이 난다고."

루이스가 웃음을 터뜨렸다.

종이 울리자 브랜던이 일어섰다. 안드레도 일어섰다.

"그랬냐, 캔자스."

브랜던이 빈 케첩 봉지를 던지면서 말했다.

캔자스는 고개를 뒤로 젖히고 늑대 울음소리를 냈다.

"아아아아 우우우우우우우!"

"이따 봐, 캔자스!"

안드레가 브랜던을 따라 식당을 나서며 외쳤다.

"아아아아 우우우우우우우!"

캔자스는 다시 한번 울부짖었다.

루이스가 카메라를 들고 사진을 찍었다.

"찍었어! 완벽한 각도였어. 분명히 마음에 들 거야."

나탈리와 알리시아는 벌써 식당을 나갔다. 캔자스도 나가려고 걸음을 옮기려다 루이스가 빈 케첩 봉지를 쓰레기통에 넣고 있는 걸 보았다. 다른 애들이 어질러 놓은 걸 루이스 혼자 치우고 있다니. 캔자스는 4학년 아이들이 우르르 몰려 나가는 식당 문을 한 번 쳐다보고 한숨을 쉬고는 루이스를 도우러 갔다.

"어, 너구나. 안 그래도 물어볼 게 있었어. 우리 엄마가 내 생일 파티를 토요일에서 일요일로 옮겼거든. 방학 첫 주 주말이야. 그땐 올 수 있어? 아니면 캠핑 가야 해?"

루이스가 케첩 봉지를 한 움큼 집어 쓰레기통에 넣으며 말했다. 캔자스는 테이블에 방울방울 난 케첩 자국만 바라보았다. 생일 파티 같은 건 별로였다. 리키와 윌과 캠핑하는 것과는 비교할 수도 없었다. 하지만 할 일이 없지 않은가?

"음, 좋아. 갈 수 있겠다."

"잘됐다!"

루이스가 말했다. 캔자스는 최선을 다해 미소 지었다. 그때 누군가 캔자스의 어깨를 두드렸다. 루이스의 얼굴이 완전히 창백해진 걸 보고 캔자스는 자기 뒤에 서 있는 사람이 절대로 반가운 사람이 아닐 거라고 짐작했다.

캔자스는 천천히 몸을 돌렸다.

몸집이 크고, 주먹코에 두꺼운 테의 안경을 쓴 여자였다. 정장을 입고 있었다. 치마와 윗옷으로 된 여자용 정장인데 단추를 채운 데마다 옷이 너무 꽉 끼어 주름이 잡혀 있었다. 기분 좋은 표정이 아니었다. 그녀가 물었다.

"캔자스 블룸?"

내키지 않아도 어쩔 수 없었다. 캔자스가 급히 눈길을 주자 루이스는 두려움에 왕방울만 해진 눈으로 고개를 끄덕였다.

"아아아아 ~~우우우우우우~~!"

캔자스는 그렇게 한 번 울부짖은 다음 눈을 깜빡였다.

"네, 제가 캔자스예요."

그녀는 입술을 다물고 사나운 표정을 지었다.

"나는 와인모어 선생님이에요. 이 학교 교장이지요."

"아!" 하고 캔자스는 신음소리를 냈다. 방금 자기가 교장 선생님 앞에서 늑대 울음소리를 냈다는 말인가?

"아, 안녕하세요?"

와인모어 선생님은 화난 얼굴로 캔자스를 노려보며 말했다.

"내가 들은 이야기에 따르면, 학생이 담력 대결이라는 걸 하고 있다더군요."

"담력 대결이요?"

캔자스의 목소리가 이제는 다람쥐만 해졌다.

"그래요, 담력 대결. 그 이야기가 사실인가요?"

와인모어 선생님이 얼굴을 찌푸렸다. 캔자스는 선생님의 말이 떨어지자마자 고개를 저었다.

"아, 그러면 이건 뭔지 궁금하군요……. 이게 다 뭐죠?"

선생님은 쓰레기통에 손을 집어넣어 빈 케첩 봉지를 한 줌 집어 들었다.

"으음…… 케첩 아닐까요?"

와인모어 선생님은 케첩 봉지를 다시 쓰레기통에 던져 넣었다. 손가락에 케첩이 얼룩덜룩했다.

"학생이 우리 학교에 온 지 얼마 되지 않은 것은 알아요. 하지만 이곳에서는 농땡이와 심한 장난이 통하지 않는다는 걸 명심하기 바랍니다. 그리고…… 그런 방법으로는 여학생들의 사랑을 얻을 수 없다는 것도 알아 두세요."

캔자스의 눈이 쟁반만 해졌다.

여학생들? 사랑? 도대체 무슨 얘길 하는 거야?

"앞으로는 행동에 각별히 주의하기 바랍니다. 알겠습니까, 캔자스 블룸 군?"

캔자스는 고개를 끄덕였다. 그리고 낼 수 있는 가장 작은 소리로…… "아아아아 우우우우우우!"

와인모어 선생님은 케첩이 묻은 통통한 손가락을 캔자스 얼굴 바로 앞에 대고 말했다.

"지켜보겠어요. 알았나요?"

캔자스는 고개를 끄덕였다. 다리에 감각이 없었다. 콩알만 해진 간에도 감각이 다 없어진 것 같았다.

와인모어 선생님은 돌처럼 차가운 표정으로 말을 이었다

"자, 모두 얼른 교실로 가세요. 지각 종이 울리기 전에."

캔자스와 루이스는 즉각 움직였다.

"맙소사, 교장 선생님은 항상 저렇게 무섭냐?"

복도를 서둘러 걸어가면서 캔자스가 속삭였다.

루이스가 재빨리 "응." 했다. 그리고 교실에 들어가기 직전에 듣는 사람이 없는지 뒤를 흘낏 확인한 다음 이렇게 물었다.

"담력 대결에 대해 고자질한 게 누굴까?"

캔자스는 이 질문에 대해서만큼은 바로 대답할 수 있었다.

프란신. 그 배신자가 자기를 궁지에 몰아넣어서 이 전쟁에서 이기려고 하는 것이다.

"프란신 걔가 고자질한 게 분명해."

지니가 두 발을 번갈아 디디며 깡총거리는 걸 보니 아주 신나는 일이 있거나 오줌이 급하거나 둘 중 하나였다.

"공원 간다! 공원 간다!"

지니가 노래를 불렀다. '오줌이 마려운 건 아닌가 보군.' 캔자스는 학교 앞에 학부모들이 차를 대는 곳으로 춤추듯 뛰어가는 지니를 보며 눈을 굴렸다.

"지니, 진정해. 나까지 메슥거린다."

"공원, 공원, 공원, 공원, 공원!"

지니는 계속 팔짝팔짝 뛰면서 노래했다. 또 그 반짝이는 발레복 차림이었다. 지난 금요일 그 발레복 덕분에 캔자스네 반 전체가 아이스크림을 상으로 받았다는 걸 안 뒤로 지니는 자기도 아이스크림을 받겠다고 매일 발레복을 입고 학교에 왔다.

"아빠는 아직 오지도 않았어. 좀 가만있다가 아빠가 나타난 뒤에나 팔짝거리는 게 어때?"

지니가 뛰는 걸 멈췄다.

"그런 말 하지 마. 아빠는 지금 오고 있어. 알면서 왜 그래. 그리고 아빠가 이 동네로 이사 오면 맨날 공원에 데려다 줄 거야. 나 옆으로 재주넘기 하는 거 볼래?"

그러더니 손을 머리 위로 뻗어 옆으로 재주넘기 자세를 취하면서 학교 앞 잔디밭을 반쯤 굴러 내려갔다. 옆으로 재주넘는 솜씨도 물구나무서기 솜씨와 별반 다르지 않았다.

캔자스는 혹시 지니가 다리라도 부러뜨리거나 그보다 더 심한 사고를 칠까 봐 지켜보느라 프란신이 자기 바로 앞에 설 때까지도 눈치채지 못했다.

"캔자스 블루움!"

프란신이 고함을 쳤다. 더 이상 토할 것 같은 표정이 아니었고, 잔뜩 화가 나 있었다. 캔자스가 보기에 프란신은 차라리 속이 안 좋을 때가 훨씬 괜찮은 애였다.

캔자스는 지니를 보던 눈길을 돌렸다.

"왜 그러는데?"

캔자스가 프란신을 향해 으르렁거렸다.

"하! 너 안 했다! 늑대 울음소리!"

프란신이 외쳤다.

"학교 끝났거든. 벌써 1점 받았고."

캔자스가 대꾸했다. 프란신이 허리춤에 손을 올렸다.

"그냥 포기하지 그래? 넌 방송부 별로 좋아하지도 않잖아."

"너나 포기하지 그래? 넌 너 말고 다른 사람에겐 관심도 없잖아. 게다가 넌 절대 못 이기거든."

순간, 캔자스는 이참에 아픈 데를 찔러 줘야겠다고 생각했다.

"5 대 4야. 넌 절대 날 못 이겨. 잘 알면서."

프란신이 입을 연 순간, 아마도 아주 기분 나쁜 말을 하려는 순간, 잔디밭 쪽에서 지니의 목소리가 들려왔다.

"캔자스 오빠! 오오빠아! 왜 안 봐! 나 옆으로 재주넘는 거 보라니까. 장기자랑에 나가서 상 받을 거야!"

캔자스는 몸을 홱 돌렸다. 반짝이는 하얀색 덩어리가 굴러다니는 게 보이긴 했다.

"잠깐만 있어!"

캔자스가 지니에게 외쳤다.

"쟨 누구야? 네 못난이 여동생인가 봐?"

캔자스가 다시 몸을 휙 돌리고 말했다.

"내 동생은 끌어들이지 마."

"아, 그래? 하지만 그렇게 못 하겠……."

캔자스는 자기 몸 어디에서 그런 소리가 나왔는지 모를 정도로 사납게 으르렁거렸다.

"내 동생, 쿵후 진짜 잘하거든!"

어찌나 목청을 높였는지 캘리포니아 주 전체에 울려 퍼졌을 것 같은 목소리가 나왔다.

"내 동생은 가만 놔둬."

캔자스는 다시 한번 말하고는 지니가 재주넘는 것을 보려고 몸을 돌려 잔디밭으로 들어갔다.

"딱 기다려, 캔자스 블룸!"

프란신이 멀어지는 캔자스를 향해 외쳤다.

"내가 이길 거야. 두고 봐. 딱 기다리라고!"

캔자스는 기다렸다. 하지만 프란신을 기다린 게 아니었다. 부모 차를 기다리던 다른 모든 아이들이 주차장을 떠나고 15분이 지나도록 캔자스와 지니는 계속 거기 서 있었다. 기다리면서.

"지니?" 하며 돌아보니 지니가 손등으로 눈을 비비고 있었다.

이제 재주넘기는 다 한 모양이었다. 캔자스는 차라리 지니가 재주넘기라도 했으면 좋겠다고 생각했다.

"길이 막히나 봐. 넌 여기 있어. 오빠가 전화하고 올게."

교무실에 들어가서 캔자스는 전화를 써도 되는지 물었다.

"아빠가 데리러 오기로 했는데 아직 안 와서요."

그 말에 교무실 직원이 고개를 끄덕였다.

캔자스는 아빠가 어제 알려 준 새 휴대전화 번호를 눌렀다. 전화가 한 번, 두 번, 세 번 울렸다. 캔자스가 음성 녹음을 남겨야겠다고 생각한 순간, 아빠가 전화를 받았다.

"니콜라스 블룸입니다."

"아빠? 지금 어디예요?"

"캔자스! 우리 챔피언! 지금 국도 I-5를 타고 마운트 샤스타를 지나고 있어. 길도 안 막히고 잘 왔지. 학교는 어땠니?"

"아빠?" 하는데 갑자기 목구멍에서 뭔가 울컥하는 느낌이 들었다. 캔자스는 이렇게 될 줄 알고 있었다. 아빠가 데리러 오지 않으리란 걸. 그런데 왜 뭔가 울컥하는 거지? 이런 일에 이 정도로 약해서야 다음에는 하늘만 파래도 울컥하겠다.

"집에 가는 거예요?"

"그래. 원래 오늘 출근을 해야 하는 날이거든. 상사가 단단히 화가 나 있겠지. 그래도 어제 너희를 만나서 정말 좋았다. 오늘 아침에 제대로 작별 인사를 못 해 미안하고."

전화 저편에서 차들이 빠른 속도로 지나가는 소리가 들렸다.

교직원이 책상 너머에서 캔자스를 보고 있다가 눈이 마주치자 얼른 눈길을 돌렸다. 캔자스는 몸을 돌려 문을 향했다.

"오늘 공원에 데려간댔잖아요."

말은 그렇게 했지만 그게 얼마나 한심한 소리인지 캔자스는 잘 알고 있었다. 여섯 살 때로 돌아간 것 같았다. 3년 전 전화에 매달려 "아빠가 그랬잖아……. 약속했잖아!" 하며 울던 때로.

캔자스는 침을 꿀꺽 삼켰다. 그래도 목구멍에 울컥 올라온 게 내려가지 않았다.

"지니가 진짜 기대하고 있었는데."

"아, 그래. 근데 공원이 어디로 사라지진 않을 테니까 다음번에 가자. 이번 주엔 끝내야 할 일이 너무 많아. 원래는 어젯밤에 돌아왔어야 했어."

"그래도……."

"챔프, 잠깐만. 더 이야기하고 싶은데 운전 중에 휴대전화를 쓰면 안 되거든. 아빠가 벌금 내는 건 너도 싫지? 또 전화하자. 지니에게도 아빠가 사랑한다고 전해 주고!"

수화기를 얼마나 꼭 쥐고 있었는지 손바닥에 맥박이 뛰는 것까지 느껴졌다.

"아빠가 직접 말해요."

캔자스는 전화를 끊었다.

몸을 돌리자 직원이 얼굴을 약간 찌푸린 채 캔자스를 쳐다보고 있었다. 그녀가 물었다.

"무슨 일 있니?"

"아뇨. 그냥……."

캔자스는 코를 쓱 문지르며 대답했다.

직원이 걱정스러운 얼굴을 했다. 자기가 뭔데 내 걱정을 하지? 내가 누군지도 모르면서.

"제가 좀 헷갈렸던 거예요. 다른 사람이 저랑 동생을 데리러 올 거예요."

"아, 그래."

직원은 고개를 끄덕였지만 캔자스의 말을 믿지 않는 게 분명했다.

"전화 한 번만 더 써도 될까요?"

"물론이지."

엄마는 아직 일하는 시간이라 무뇨즈 아줌마에게 전화했더니 엄청 신이 난 목소리로 학교에 데리러 오겠다고 했다.

"다 됐니?"

교직원이 물었다. 목소리가 더할 나위 없이 친절했다. 캔자스는 못 들은 척 입을 꾹 다물고 서둘러 사무실을 빠져나왔다.

"아빠 언제 온대?"

지니가 캔자스를 보자마자 물었다. 학교 앞에는 지니와 캔자스뿐이었다. 아이들도, 차도 모두 떠나고 없었다.

캔자스는 눈을 깜빡였다.

"아빠는 안 와."

"안 온다니? 아빠한테 뭐라고 했어? 왜 못 오는 건데?"

아빠는 안 오는 사람이니까. 캔자스는 그렇게 말하고 싶었다. 아빠는 이 세상에서 제일 엉터리 아빠니까. 그러니까 이젠 아빠에게 아무것도 기대하지 마. 그래야 마음이 편해지니까. 이게 캔자스의 답이었다. 지니가 그 말을 이해할 수 있으면 좋으련만. 길게 보아 그 편이 훨씬 낫다. 캔자스는 이미 오래전에 깨달은 바다. 그래서 지금 이렇게 잘 지내고 있는 거다.

"아빠가……."

입을 열었지만 하려던 말이 나오지 않았다.

"아빠한테 급한 일이 생겼대. 사무실에 말이야. 정말 오고 싶었는데 못 오게 됐대."

캔자스는 결국 그렇게 말했다.

지니가 또 울기 시작했다. 평소처럼 눈물을 펑펑 흘리며 엉엉 우는 게 아니라, 조용하고도 슬프게 꺽꺽 울었다. 왠지 그게 기분이 더 안 좋았다.

캔자스는 지니의 어깨를 꼭 잡아 주었다. 자기를 안아 주려는 것으로 착각할 만큼 꼭은 아니고, 그냥 오빠의 마음이 전달될 정도로만 힘을 줬다. 캔자스는 숨을 한 번 크게 쉬었다.

"아빠가 전해 달래. 널 사랑한다고."

지니는 오랫동안 아무 말도 하지 않았다. 캔자스는 어색한 자세로 그냥 거기 서 있었다. 안아 주는 자세와 어깨를 토닥이는 자세가 반쯤 섞인 자세로 서서 학교 앞에 차가 지나갈 때마다 그것이 무뇨즈 아줌마의 차이기를 기도했다.

맙소사, 대체 차를 얼마나 느리게 모는 거야?

지니는 캔자스의 손에서 몸을 빼더니 인도 가장자리에 주저앉아 무릎 위의 분홍색 바비 배낭을 끌어안았다.

"지니야?" 하고 캔자스가 옆에 앉으며 이름을 불렀지만 지니는 쳐다보지 않았다.

"지니야?"

마침내 지니가 속삭이듯 작은 목소리로 대답했다.

"쿵후가 뭐야?"

"응?"

"그 언니한테 내가 쿵후 잘한다고 그랬잖아. 아까 막 소리치면서 이야기할 때."

"아!" 하며 캔자스는 작게 웃었다.

"쿵후는 가라테 같은 거야."

지니는 머리를 긁적였다.

"나 그거 할 줄 모르는데."

"알아. 그냥 거짓말한 거야."

"아."

캔자스는 줄곧 거리를 바라보았다. 눈의 초점을 맞췄다 흐렸다 하면서. 빠른 속도로 지나가는 차들이 흐릿한 줄무늬로 보였다.

"캔자스 오빠"

"응, 지니야?"

"이젠 거짓말하지 마. 알았지?"

지니가 앞에 있던 돌멩이를 찼다.

"난 거짓말하는 사람 싫어."

* * *

캔자스가 주방 식탁에서 지니의 숙제를 도와주고 있을 때, 초인종이 울렸다.

"뺄셈이란 말이야, 이 세상에서 제일 쉬운 거라고나 할까."

캔자스는 지니에게 열두 번째 같은 말을 하고 있었다.

"조금만 노력하면 풀 수 있어."

또 초인종이 울렸다.

"문 안 열어 줄 거야?"

지니가 물었다. 최고로 기분이 안 좋을 때 짓는 이마 주름이 잡혀 있었다. 무뇨즈 아줌마의 차를 타고 집에 도착한 뒤로 계속 저렇게 심술만 부리고 있었다. 캔자스는 지니가 왜 자기에게 심술을 부리는지 이해할 수 없었다. 아니, 약속을 어기고 오리건 주로 가 버린 건 캔자스가 아니지 않은가.

"아니면 계속 그렇게 멍청이처럼 앉아 있든지."

"오빠더러 멍청이라고 하지 마."

"멍청이, 멍청이, 멍청이, 멍청이."

캔자스는 현관에 나가 보았다. 엄마가 식료품 봉지를 한 아름 들고 서 있었다. 문을 열자 엄마가 안으로 들어오며 말했다.

"고마워. 손에 뭘 들고 있어서 문을 열 수가 없었어. 차에 봉지가 세 개 더 있는데, 가져다줄래?"

캔자스는 투덜거리며 앞마당에 나가 트렁크를 열고 제일 가벼운 봉지를 찾았다. 그리고 주방으로 들어가며 소리쳤다.

"지니야, 엄마가 물건 좀 들여놔 달래!"

"나 뺄셈하고 있잖아, 멍청이!"

지니가 맞받아 소리쳤다.

엄마가 냉장고에 채소를 집어넣으며 물었다.

"공원에선 재미있었어? 아빠는 어디 갔니? 차가 안 보이던데."

"공원엔 안 갔어."

캔자스는 싱크대 옆에 쇼핑 봉투를 내려놓고 밖으로 나갔다. 그 얘기를 하느니 차에서 쇼핑 봉투를 내리는 편이 나았다.

"아빠는 마운트 샤스타에 갔고!"

차고에서도 엄마가 "뭐라고?" 하고 외치는 소리가 들렸다.

"뭐라고?"

캔자스가 다시 집 안에 들어서자마자 엄마가 또 물었다. 엄마가 캔자스의 손에서 봉투를 낚아채 식탁 위에 놓았다. 지니의 뺄셈 숙제 바로 위에.

"엄마!" 하고 지니가 비명을 질렀다.

"캔자스, 아빠가 마운트 샤스타에 있다니 그게 무슨 말이야? 방금 너희를 학교에서 데려왔을 텐데 어떻게 벌써 거기까지 가?"

"뭐, 지금은 거기도 아닐걸."

캔자스는 쇼핑 봉투에서 과일 맛 젤리 봉지를 꺼내 뜯었다.

"벌써 두 시간이나 지났으니까 이젠 집에 도착했겠지."

캔자스는 젤리를 하나 꺼내 한 귀퉁이를 덥석 씹었다.

"캔자스, 30분만 있으면 밥 먹을 텐데." 하면서도 엄마는 평소처럼 과자를 빼앗지는 않고 그냥 지켜봤다.

"어떻게 된 일인지 차근차근 이야기해 봐."

"아빠가 그 바보 같은 공원에 안 데려갔어. 데리러 오지도 않았어. 통학 버스는 벌써 가 버렸는데. 그래서 무뇨즈 아줌마가 우릴 데리러 왔어."

지니가 자기 숙제 위에 놓인 쇼핑 봉투를 밀며 말했다.

"뭐라고?"

엄마가 물었다. 지니는 계속 쇼핑 봉투를 밀치고 있었다.

"무뇨즈 아주머니는 지금 어디 계시니? 우리 집에 계셔?"

"저녁 준비하러 집에 갔어. 그래도 바로 옆집이잖아. 어차피 나랑 지니는 둘이서도 잘 있고."

"아무리 그래도 무슨 일이라도 생기면 어쩔 뻔했어?"

엄마는 완전히 충격에 빠져서는 이마의 앞머리를 넘겨 댔다.

"왜 엄마 직장으로 전화 안 했어? 왜 아빠가 안 왔다고 엄마에게 연락하지 않았냐고! 지니, 쇼핑 봉투 그만 밀어."

"쇼핑 봉투가 내 숙제 위에 있잖아!"

캔자스는 이를 악물었다.

"우리가 엄마에게 전화하지 않은 건, 별일 아니었으니까. 아빠가 안 온 게 뭐, 하루 이틀 일도 아니고……."

그때 쨍그랑 하고 유리병 깨지는 소리가 났다. 그리고 갑자기 겨자 냄새가 캔자스의 코를 찔렀다.

지니가 결국 쇼핑 봉투를 바닥에 떨어뜨린 것이었다.

"지니! 맙소사! 제발 3초만 가만히……."

엄마는 비명을 질렀다가 말끝을 흐리며 종이 타월을 꺼내 뜯었다. 그리고 바닥에 무릎을 꿇고 앉아 봉투를 들여다보았다.

"아이고! 봉투 안이 겨자 범벅이 됐어. 우리 저녁밥이 들어 있는데. 엄마는 한 시간 안에 수업을 들으러 가야 한다고. 캔자스,

거기 서서 뭐 하니? 수건 좀 가져와."

"왜 나한테 그래? 그건 지니가 머저리처럼……."

"나 머저리 아니야!"

지니가 소리를 빽 질렀다.

불난 집에 부채질한다고 했나. 드디어 지니가 울기 시작했다.

"캔자스, 동생에게 그만 소리 지르고 엄마 좀 도와."

엄마는 봉투에서 물건을 꺼내고 있었다. 엄마 바지가 노란색 겨자 범벅이 됐다.

"너희는 정말이지 30초도 사이좋게……."

"지금 소리 지르는 게 누군데! 화를 내려면 걔한테 내라고!"

캔자스는 손가락으로 지니를 가리켰다. 지니는 의자에 앉아 손바닥으로 눈물을 닦는 건지 얼굴 전체에 더 묻히는 건지 모를 짓을 하면서 울어 댔다.

"이 집은 머저리 투성이야."

"캔자스! 네 방으로 가!"

"안 그래도 가고 있거든!"

캔자스는 복도를 쿵쿵 가로지르며 대꾸했다. 걸음걸음 시끄러운 소리가 나게 있는 힘껏 발을 굴렀다. 지니와 함께 쓰는 방에 와서는 쾅 소리가 나게 문을 닫았다. 충분히 세게 닫은 것 같지 않아서 다시 한번 문을 쾅 닫았다. 방을 가로지르다 한가운데에 이삿짐 상자로 만든 벽을 발로 차고는 그것이 와장창하고 바닥으로 무너지는 걸 캔자스는 겁에 질려 지켜보았다.

캔자스는 침대에 얼굴을 파묻었다.

머릿속에서 온갖 생각이 윙윙거렸다. 분하고 심술궂은 것만 잔뜩. 바보같이 상자 벽을 망친 지니, 아무 잘못도 없는 자기한테 바보같이 소리친 바보 같은 엄마.

그중에서도 가장 시끄럽고 가장 분하고 가장 못된 생각은 캔자스 자신도 떠올리고 싶지 않은 생각이었다.

아빠가 우리를 버린 것도 당연해. 우리랑 같이 있고 싶어 하지 않는 것도 당연해. 이 집에는 구질구질한 사람만 사니까.

캔자스는 고개를 들어 '담력 대결의 전당'을 바라보았다. 세상에서 제일 친한 친구들과 함께한 임무들과 함께 찍은 사진들을. 캔자스가 이사하자마자 그를 깡그리 잊어버린 친구들. 어쩌면 구질구질한 건 캔자스의 가족이 아닌지도 모른다. 구질구질한 건 자기 하나뿐이었다.

캔자스는 팔을 뻗어 사진을 한 장 한 장 벽에서 잡아뗐다.

"캔자스! 어서! 엄마 수업 시작하기 전에 다시 식료품점에 다녀와야지!"

엄마가 현관에서 소리쳤다.

"언제는 내 방에 가 있으라며!"

캔자스가 소리쳐 대꾸했다. 하지만 결국 침대에서 나와 무너져 버린 상자들을 발로 차며 문으로 갔다. 그리고 나가는 길에 사진들을 구겨 쓰레기통에 쑤셔 넣었다.

17.

점보 마시멜로

프란신은 아빠가 새로 이사한 아파트에 마련해 준 자기 방을 싫어하고 싶었다. 원칙에 따라 그 방의 모든 것을 경멸하고만 싶었다. 그래도 그 방의 한 가지가 정말 마음에 드는 건 어쩔 수 없었다. 방 한구석, 전기 스위치 옆 벽에 있는 붙박이 책장. 폭이 좁고 키가 큰 책장으로, 천장까지 선반이 들어 있고 맨 밑 선반이 바닥에서 60센티미터 높이였다. 몸을 접어 그 안에 들어가서 무릎을 가슴에 바짝 안고 있기에 딱 맞는 공간이었다. 거기 앉아 있으면 마음이 편안해졌다. 마치 프란신 자신도 책꽂이에 꽂힌 책이 된 것 같았다.

화요일 아침 학교 가기 전에 프란신이 거기 앉아 있는데 아빠가 방으로 머리를 쑥 들이밀었다.

"이제 이 집에도 꽤 익숙해졌구나."

아빠가 작게 미소 지으며 방을 둘러봤다. 아직 이렇다 할 물건은 하나도 없었고, 빵빵한 옷 가방과 프란신의 낡은 캠핑용 침낭이 빨랫감처럼 한구석에 처박혀 있었다.

"네가 쓸 가구가 필요하겠다. 목요일에 학교 끝나고 사러 갈까? 화장대하고 책상, 그리고 새 침대를 사자."

프란신이 책장에서 기어 나왔다.

"침대는 필요 없어요. 침대는 집에 있으니까."

"이제 여기도 네 집이야. 평생 침낭에서 잘 순 없을걸."

프란신은 한숨을 푹 쉬고 문을 나갔다.

"콩깍지, 어디 가니?"

아빠가 불렀다. 프란신이 큰 소리로 대답했다.

"화장실!"

사실 화장실에 볼일이 있는 게 아니었다. 다만 이 집에서 유일하게 텅 빈 동굴처럼 보이지 않는 곳이 바로 화장실이었다. 이 집이 완전히 새로운 삶을 시작하는 장소처럼 보이지 않는 유일한 공간. 프란신이 화장실에 간 건 그런 이유에서였다.

* * *

20분 후, 프란신이 학교에 가려고 아빠 차를 타고 집을 나서는 순간, 전혀 보고 싶지 않은 광경이 눈에 들어왔다.

캔자스 블룸.

그 애가 길 건너편 정류장에서 버스를 기다리고 있었다. 그

뒤로 반짝이는 하얀 발레복 자락이 보이는 게 캔자스의 그 바보 같은 여동생인 듯했다. 프란신은 몸을 최대한 의자에 파묻고 머리를 창문 밑까지 쏙 집어넣었다.

'그러니까 이제 캔자스가 이웃이란 말이지? 대단해. 정말 기가 막혀. 날 봤으면 어떡하지? 우리 아빠가 막 이곳에 이사 온 걸 알아차렸다면? 우리 엄마 아빠 일을 알아 버렸다면?'

아빠가 잔기침을 하며 물었다.

"콩깍지? 어디 아프니?"

"네?" 하며 프란신은 창문 위로 고개를 빼꼼 내밀었다. 캔자스가 서 있던 버스 정류장은 한참 지나갔다. 프란신은 이마로 내려온 초록 머리칼 한 가닥을 귀 뒤로 넘겼다. 머리를 땋은 채로 이틀 밤이나 잤더니 칙칙한 초록색 머리가 잔뜩 엉키고 여기저기 실핀이 삐져나온 꼴이 됐다. 뽐낼 만한 모습은 아니었다. 프란신은 천천히 몸을 펴며 말했다.

"괜찮아요. 양말 좀 고쳐 신었어요."

"오늘 하루 양말이 제자리에 있어 주면 좋겠는데. 그렇지?"

그렇게 말하면서 아빠는 웃음을 터뜨렸다. 그렇게 웃을 만한 일은 하나도 없는데도.

프란신이 방송부 교실에 도착하자마자 프란신의 그날 임무에 대한 투표가 이루어졌다. 프란신은 커다란 마시멜로를, 그것도 한 봉지 전부를 몸에 붙이고 첫 번째 쉬는 시간 내내 '마시멜로

괴물'을 연기해야 했다. 이건 엠마의 아이디어였다. 엠마는 마시멜로를 비롯한 각종 준비물을 챙겨 오기까지 했다.

캔자스의 임무를 생각해 낸 것은 알리시아였다. 팔오금에 테이프로 얼음을 붙이고 얼음이 다 녹을 때까지 참는 것이 캔자스의 임무였다. 부원들은 그 임무에도 만장일치로 찬성했다.

그리하여 첫 쉬는 시간이 시작되자 프란신은 32개의 커다란 마시멜로에 침을 묻혀 자기 피부에 붙이기 시작했다. 손에도 마시멜로, 볼에도 마시멜로, 목에도 마시멜로, 심지어 초록색 정수리에도 마시멜로를 붙였다. 녹은 설탕 때문에 혀가 끈적거리고 앞니가 살짝 아렸다. 이젠 먹을거리를 가지고 하는 담력 대결 임무가 지긋지긋해지기 시작했다.

그래도 벤치 옆에서 몸부림치고 있는 캔자스보다는 덜 괴로웠다. 얼음을 붙인 접착테이프가 팔의 털을 잡아당기고 있었고, 얼음에서 녹은 차가운 물이 뚝뚝 떨어졌다.

프란신은 마시멜로 두 개를 이마에 붙였다.

캔자스는 추위에 몸을 떨면서 알리시아가 팔오금에 붙인 테이프를 만지며 얼음이 다 녹았는지 확인하는 걸 이를 악물고 참았다.

프란신은 마지막 마시멜로를 입에 퐁당 집어넣고 벤치에서 일어났다. 그러고는 지나가는 3학년 둘에게 "나는 4학년 마시멜로 괴물이다!" 하고 으르렁거리면서 마시멜로가 붙은 손을 뻗었다. 아이들이 비명을 지르며 도망갔다.

엠마는 환호하기 시작했지만, 브랜던은 인상을 팍 썼다.

"내가 뭐랬어. 프란신 임무는 너무 쉽다니까."

하지만 아무도 브랜던에게 신경 쓰지 않았다. 바로 그 순간 캔자스의 얼음이 다 녹았다고 알리시아가 선언했기 때문이다. 모두가 박수를 쳤다.

알리시아가 테이프를 잡아떼자 캔자스가 아기처럼 비명을 질렀고, 그 때문에 프란신은 기분이 나아졌다. 하지만 나탈리가 캔자스 옆으로 달려가 손가락으로 머리카락을 배배 꼬면서 괜찮으냐고 살랑거리는 모습에 기분이 다시 나빠졌다.

종이 울리자 프란신은 마시멜로를 떼어 내 쓰레기통에 버렸다. 그리고 43H 교실로 혼자 걸어갔다. 가는 길에 몸에 닿는 모든 것이 끈끈하게 달라붙었다.

점수는 5 대 6.

수요일, 프란신은 듀프레 선생님에게 사랑을 고백하는 편지를 써야만 했다. 선생님은 너무나 옷을 잘 입으시고, 선생님을 생각할 때마다 기절한다고 썼다. 프란신은 방송부 전원이 몰려와 지켜보는 가운데 학교 현관에 있는 선생님 편지함에 편지를 넣었다.

듀프레 선생님은 답장을 보내오지 않았다.

캔자스의 임무는 점심시간에 여자 배구 대표팀 선발 경기에 참가하는 것이었다. 방송부 아이들은 체육관 문 뒤에 숨어 캔자스가 기본 훈련과 스파이크 넣는 연습을 하는 걸 지켜봤다. 캔자스는 실수로 엠마의 얼굴을 두 번이나 맞혔다.

캔자스는 대표팀에 뽑히지 못했다.

점수는 6 대 7이 됐다.

여전히 캔자스가 앞섰고, 겨울 방학까지는 일주일 반밖에 남지 않았다.

* * *

목요일에 프란신은 하루 종일 '얼간이 대장'이라고 쓴 종이를 안전핀으로 옷에 붙이고 다니는 임무를 받았다. 캔자스는 누가 무슨 말을 해도 아무 말도 하지 않는 임무를 받았다. 마침내 프란신도 찬성할 수 있는 임무였다.

마지막 수업인 작문 시간에 스팍스 선생님이 숙제로 써 온 시를 읽고 싶은 사람 있으면 손들어 보라고 하자 브랜던이 손을 들었다.

"좋아요, 브랜던. 앞으로 나와서 읽어 주겠니?"

"아, 제가 읽겠다는 게 아니고요. 캔자스가 읽고 싶어 하는 것 같아서요. 진짜 좋은 시를 써 왔어요. 점심시간에 저에게 읽어 줬거든요. 그렇지, 캔자스? 근데 너무 수줍어서 손을 안 드는 것 같아 제가 대신 들었습니다."

교실 반대편에 앉은 프란신까지도 캔자스가 브랜던을 향해 조용한 살인 광선을 쏘는 걸 느낄 수 있었다.

"좋아요. 우리 모두 캔자스가 쓴 시를 들어 볼까요?"

캔자스는 천천히 고개를 저었다.

"왜 시를 안 읽겠다는 건지 물어보세요."

브랜던이 큰 소리로 말했다.

"캔자스, 괜찮니? 어쩐지 평소보다…… 말이 없는 것 같구나."

캔자스는 입을 열지 않았다.

"그럼, 좋아요. 다른 사람 없나요?"

선생님이 교실을 둘러보며 말했다.

프란신은 뒤에서 누가 '얼간이 대장'이라고 속삭이는 것을 들었다. 그러더니 갑자기 누가 팔꿈치를 꼬집었다. 프란신의 손이 공중으로 올라갔다. 프란신은 뒤를 돌아 능글맞게 웃고 있는 안드레를 노려보았다.

"프란신? 네가 읽어 주려고?"

스팍스 선생님이 물었다.

프란신은 몸을 앞으로 돌리고 한숨을 쉬듯 대답했다.

"네."

프란신은 교실 앞쪽으로 걸어가면서 가슴에 붙인 '얼간이 대장' 종이를 매만졌다. 다행히 프란신이 써 온 시는 딱 네 줄짜리였다.

자리로 돌아오는 길에 나탈리가 쪽지를 손에 쥐어 줬다. 하트나 별 같은 특별한 모양이 아니라 그냥 사각형 쪽지였다. 프란신은 자리에 돌아와 앉은 다음에 쪽지를 폈다.

오늘 너희 집에 못 간다는 말을 깜빡했네.

오늘은 학교 끝나고 알리시아네 가기로 했거든.

나탈리

프란신은 쪽지를 책상 서랍에 쑤셔 넣었다. 왜 갑자기 배가 부글거리는지 알 수 없었다. 꼭 화가 났을 때처럼. 하지만 화날 일이 뭐가 있단 말인가. 어차피 오늘 오후에는 나탈리와 놀 수 없었다. 아빠와 가구를 사러 가기로 했으니까.

종이 울리자 다른 아이들이 모두 교실에서 나가는 동안 프란신은 옷에서 '얼간이 대장' 종이를 떼어 내 교실 앞 쓰레기통에 버리러 갔다.

책상에 앉아 있던 스팍스 선생님이 고개를 들더니 쓰레기통 맨 위에 있는 종이를 바라보며 말했다.

"너라면 적어도 장군은 될 줄 알았는데 말이야."

"네?"

프란신이 물었다. 선생님은 미소를 지으며 고개를 살짝 저었다.

프란신은 어깨를 으쓱하고 칠판 구석의 6을 7로 고쳤다. 캔자스는 이미 자기 점수를 8로 고쳐 놓았다. 이런 식으로는 절대 이길 수 없었다.

매트리스 킹에는 200종류가 넘는 매트리스가 있었다. 적어도 가게 앞에 놓인 광고판에 따르면 그랬다. 프란신은 '100% 메모리폼'이라고 쓰인 매트리스에 털썩 주저앉아 매트리스 네 개 건너에 서 있는 아빠를 불렀다.

"아이스크림 사 준다면서."

벌써 두 시간째 가구를 둘러보았고, 프란신은 얼이 빠져 있었다. 아빠가 프란신이 앉아 있는 매트리스에 함께 걸터앉았다.

"여기만 보고 가자. 약속할게."

아빠는 매트리스 위에서 몸을 약간 방방거리며 느낌을 살폈다.

"그냥 지금 가면 안 돼요?"

"매트리스 먼저 사야지. 아빠 나이엔 바닥에서 자는 게 고역이란다. 너도 진짜 침대가 필요하고."

아빠가 발을 바닥에 댄 채 매트리스에 몸을 눕혔다. 손은 배 위에 깍지를 꼈다.

"이거 괜찮지 않니?"

프란신은 천장을 똑바로 올려다봤다. 그리고 자기 목소리가 맞는지 의심이 들 정도로 모기만 한 소리로 말했다.

"그냥 집에 돌아오면 안 돼요?"

"프란신, 우리 콩깍지."

프란신은 몸을 돌려 아빠를 바라보았다. 아빠가 둘 사이의 매트리스를 툭툭 치며 말했다.

"스트링치즈 자세."

프란신은 아랫입술을 깨물었다. 웃음을 터뜨리고 싶지 않았다.

"어서, 스트링치즈! 아빠 혼자서는 못하잖아."

아빠가 구슬리듯 말했다. 아빠는 두 발만 매트리스에 걸려 흔들리도록 몸을 위쪽으로 옮겼다.

프란신이 진짜 어렸을 때, 그러니까 겨우 네다섯 살이었을 때, 아빠가 거실 소파에 길게 누워 텔레비전을 보고 있으면 그 옆에 눕곤 했다. 소파 옆으로 떨어지지 않게 아빠에게 몸을 바싹 붙인 채로 축구나 뉴스도 보고 가끔은 엉터리 같은 외계인 영화도 보았는데, 그게 프란신이 제일 좋아하는 일 중 하나였다. 아빠는 누가 보면 길게 찢어 먹는 스트링치즈인 줄 알겠다며 웃었더랬다. 그 후로 아빠와 프란신은 텔레비전을 켠 다음 "스트링치즈!" 하고 외치면서 앞다투어 소파로 달려가곤 했다.

아빠가 프란신을 향해 눈썹을 치올렸다. 오른쪽 눈썹이었다.

프란신은 거의 다 나올 뻔한 눈물을 지우고 코를 쓱 문지른 다음 웃음을 터뜨렸다. 그러고는 아빠 옆에 딱 붙어 누웠다. 프란신도 아빠처럼 두 팔을 몸에 딱 붙이고 외쳤다.

"스트링치즈!"

"스트링치즈!"

이번엔 둘이 합창을 했다. 가게 저 끝에 있던 부부가 이쪽을 쳐다보자 프란신과 아빠는 킥킥 웃음을 터뜨렸다.

1분 넘게 스트링치즈 자세로 누워 있던 아빠가 입을 열었다.

"프란신, 이제 아빠는 새 아파트로 이사했어. 너도 알다시피 이젠 거기가 아빠 집이야."

"그래도 혹시……?"

프란신은 머릿속으로 〈페어런트 트랩〉에 나오는 것 같은 온갖 시나리오를 그려 보았다. 엄마 아빠가 요트에서 다시 만나 데이트를 하게 된다면? 둘이 함께 더 많은 시간을 보내야만 하는 상황에 처한다면? 그렇다면 다시 사랑하게 되지 않을까? 그런 일이 일어나게 할 방법만 찾으면 될 텐데.

"혹시 아빠 마음이 바뀌면요?"

프란신은 결국 그렇게 물었다. 아빠는 어쩐지 슬퍼 보이는 미소를 지었다.

"안 바뀔 거야. 미안하다, 우리 콩깍지. 네가 듣고 싶어 하는 말이 아니란 걸 잘 알아. 하지만 네 엄마와 난 이혼할 거야."

프란신은 갑자기 스트링치즈를 그만하고 싶어졌고, 몸을 일으켜 매트리스에서 일어나 다른 통로로 걸어갔다.

"프란신!"

아빠도 일어나 프란신을 따라왔다.

"이게 좋겠어요. 분홍색에다 엄청 화려하지만 시트를 씌우면 문제없을 거예요."

프란신이 자기 앞에 있는 매트리스를 가리키며 말했다.

"프란신."

아빠가 거듭 이름을 불렀다.

"게다가 할인 상품이래요."

"프란신."

아빠는 이름만 계속 불러 대면 모든 게 괜찮아질 거라고 생각하는 걸까? 그럴 리 없었다. 지금 두 사람은 새 매트리스를 고르고 있지 않은가! 다시는 아무것도 괜찮아지지 않을 것이다. 프란신은 휙 돌아서서 아빠를 노려보았다.

"지금 아이스크림 먹을래요."

"프란신, 잘 들어."

"싫어."

아빠는 프란신을 들어 올려 분홍색 매트리스 위에 앉히고는 프란신의 두 손을 꼭 쥐었다. 프란신은 손을 뿌리쳤지만 아빠는 다시 손을 잡고 프란신이 쳐다볼 때까지 기다렸다.

"프란신, 넌 똑똑한 아이야. 네가 얼마나 힘든지 아빠도 잘 알아. 미안하다. 정말 미안해, 프란신. 하지만 결국 엄마와 아빠는 바로 너를 위해서라도 이럴 수밖에 없단다. 행복한 부모가 그저 그렇게 사는 부모보다는 훨씬 나으니까."

"하지만…… 행복했잖아요."

프란신이 훌쩍이며 말했다. 그리고 고개를 숙인 채 매트리스의 바느질 자국을 응시했다. 수놓인 선들이 서로 교차하며 완벽한 다이아몬드 무늬를 이루고 있었다.

"전에는 우리가 행복하다고 생각했단 말이에요."

아빠는 잠시 그 말에 대해 생각하더니 프란신의 손을 놓고 옆에 앉았다. 잠깐 말이 없던 아빠는 결국 이렇게 말했다.

"그래, 행복할 때가 많았지."

아빠는 말을 잠시 멈추고 프란신의 머리를 쓰다듬었다. 아주 어릴 때도 아빠는 그렇게 머리를 쓰다듬어 주곤 했다.

"하지만 행복이 한 가지만 있는 건 아니야. 너, 아빠, 엄마. 우리 모두 다른 식으로 행복해지는 방법을 찾아야 하는 거야."

아빠가 프란신의 흘러내린 초록색 머리칼 한 가닥을 귀 뒤로 넘겨 주었다.

"아빠 말, 이해하겠지? 우리 콩깍지?"

프란신은 매트리스의 바느질 자국을 손으로 만지며 아빠가 한 말에 대해 생각해 보았다.

'집 두 개, 침대 두 개를 왔다 갔다 하면서도 행복할 수 있을까?'

"아마도요."

프란신은 뺨을 빵빵하게 부풀렸다.

"아이스크림 먹으러 갈까?"

"그러면 이건……."

프란신은 수백 개의 매트리스를 돌아봤다.

"바닥에서 며칠 더 잔다고 허리가 부러지진 않을 거야. 지금 당장 필요한 건 로키 로드 아이스크림이지. 어떻게 생각해?"

그 말에 프란신은 아주 작게 미소 지었다.

"핫 퍼지 소스도 끼얹어서요."

18.

파란색 회전의자

금요일 아침 방송부에 도착한 캔자스는 충격에 휩싸였다.

"방송부 여러분, 오늘 알리시아가 방송을 할 수 없게 되었습니다. 방금 아버님 전화가 왔는데 독감에 걸렸다는군요. 그래서 선생님은 오늘 아침 캔자스와 프란신 두 사람에게 시험 삼아 뉴스 앵커를 맡기기로 했어요."

브랜던이 책상을 치는 바람에 캔자스는 스팍스 선생님이 방금 한 말을 곧바로 이해하지 못했다. 뉴스 앵커? 나? 오늘 당장?

선생님은 캔자스와 프란신을 향해 차례로 미소를 지었다.

"둘 중 누가 앵커가 될지는 모르지만 좋은 경험이 될 거예요."

선생님이 두 손을 마주치며 말했다.

"자! 할 일이 아주 많겠지요? 그럼 부산히 움직여 볼까요?"

교실이 정말로 부산해졌다. 부원들은 평소 하던 대로 했지만,

캔자스와 프란신은 책상 뒤에 자리를 잡고 준비에 들어갔다. 캔자스가 거기 앉고 싶다는 말을 꺼내기도 전에 프란신이 스팍스 선생님의 파란색 회전의자를 차지해 버렸다. 하지만 브랜던과 안드레가 캔자스도 커다란 회전의자에 앉을 수 있게 옆 반 폴슨 선생님의 의자를 빌려다 주었다. 자리에 앉은 캔자스와 프란신은 아침 뉴스거리를 나누기 시작했다.

"장기자랑 뉴스, 이건 네가 읽을래?"

캔자스가 뉴스 원고를 훌훌 넘기며 프란신에게 물었다. 어떻게 읽는지 잘 모르는 단어가 있는 원고는 전부 프란신에게 넘기고 싶었다.

프란신은 캔자스의 말을 듣지도 않았다. 프란신이 "엠마!" 하고 외치면서 너무 벌떡 일어나는 바람에 의자가 넘어졌다.

"그렇게 켜는 게 아니야! 아니, 그 단추가 아니고, 그거……. 안 되겠다. 내가 해 볼게."

프란신이 엠마에게 카메라 사용법을 가르쳐 주는 동안 나탈리가 와서 캔자스의 '출연 준비'를 도왔다. 준비래 봤자 정수리의 머리를 이쪽저쪽으로 넘기는 게 대부분이었지만.

"립글로스 진짜 안 발라도 되겠어?"

나탈리가 물었다.

"아, 응."

"바르면 입술이 더 반짝거리는데."

캔자스는 고맙지만 자기는 반짝거리지 않는 자기 입술이 아주 마음에 든다고 나탈리에게 말했다.

종이 울리고 스팍스 선생님 반 학생들이 하나둘 들어와 자리에 앉기 시작했다. 그제야 프란신은 캔자스 옆자리로 돌아왔지만 이번에도 오래 앉아 있지는 못했다. 프란신이 또 고함쳤다

"엠마, 그게 아니래도! 아까 말했잖아! 화면 확대는 그렇게 하는 게 아니야!"

캔자스는 고개를 젓고는 앞에 놓인 원고 종이에 집중해 한 장 한 장 주의 깊게 읽으며 모든 것을 똑바로 말할 수 있게 확인했다. 손바닥이 근질거렸다. 캔자스는 카메라 앞에 서 본 적이 한 번도 없었다. 뭔가 창피한 일을 당하면 어떡한담?

"2분 남았어요!"

스팍스 선생님이 외쳤다.

루이스가 마지막으로 모아 온 소식을 브랜던에게 건넸다. 브랜던은 재빨리 그것들을 훑어보고 맨 위에 뭔가를 적기 시작했다. 프란신도 나탈리가 준비를 도울 수 있게 책상으로 돌아왔다. 나탈리는 10초 정도 프란신을 쳐다보다가 "초록색 머리는 어떻게 할 수가 없다."라고 선언하고 다른 데로 가 버렸다. 프란신은 얼굴을 잔뜩 찌푸리고 앞에 놓인 원고 종이를 들여다봤다. 캔자스는 최선을 다해 프란신을 무시했다. 이런 애와 함께 뉴스를 진행하느니 멧돼지랑 하는 게 낫겠다 싶었다.

종이 울렸다.

"각자 자리로!"

엠마가 외쳤다. 촬영기사 역할이 즐거운 모양이었다. 캔자스는 아침에 먹은 오트밀이 이 사이에 끼지나 않았는지 혀로 이를 훑었다. 옆자리의 프란신은 더 꼿꼿이 몸을 세워 앉았다. 그토록 간절하게 뉴스 앵커를 하고 싶어 하던 프란신이 너무 얼어 있는 걸 보고 캔자스는 미소를 지었다.

"10초!" 엠마가 외쳤다.

그 순간, 캔자스는 자기를 향해 걸어오는 안드레를 발견했다.

"무슨 일이야? 조명에 문제 생겼어?"

안드레는 캔자스의 뉴스 종이 맨 위에 최신 뉴스 뭉치를 올려놓았다. 캔자스의 질문에는 대답하지 않았다. 대신 프란신을 향해 이렇게 말하기 시작했다.

"너의 담력 대결 임무는……."

"5초!" 엠마가 외쳤다.

"코딱지를 파서……."

"4초!"

"카메라 앞에서……."

"3초!"

"그걸……."

"2초!"

"……먹는 거야."

"카메라, 돌아갑니다!"

안드레는 몸을 돌리고 뛰어가 버렸다. 카메라의 불빛이 초록색으로 바뀌었다.

프란신은 꿀 먹은 벙어리가 돼 버렸다. 입을 헤 벌린 채 카메라를 멍하니 보고만 있었다. 무대 공포증이 있는 건지, 새 임무에 충격을 받아서인지 분간할 수 없었다. 어쩌면 둘 다일지도 몰랐다.

그런데 놀랍게도 캔자스는 전혀 떨지 않았다.

"안녕하세요, 오덴 초등학교 학우 여러분."

캔자스는 카메라를 향해 미소를 지었다. 그리고 더는 프란신에게 신경 쓰지 않고 자기가 해야 할 말에 정신을 집중했다.

"즐거운 금요일입니다. 오늘은 알리시아가 아파서 결석을 해서 프란신과 제가 공동 진행을 하게 됐습니다."

이거 나쁘지 않은데. 아니, 꽤 괜찮은걸.

"저는 캔자스 블룸입니다."

캔자스는 프란신 쪽으로 몸을 돌렸다.

"으음……."

프란신이 천천히 입을 열었다. 책상 위에 얹은 두 손이 파르르 떨렸고, 얼굴은 머리카락만큼 파랗게 질려 있었다.

'과연 그걸 할까? 진짜로 그 임무를 수행하겠다고?'

프란신은 천천히 손을 얼굴로 가져갔다.

'못할 거야. 전교생이 보고 있는데 아무렴.'

한껏 뻗은 프란신의 손가락 하나가 코에 닿았다.

'말도 안 돼.'

프란신은 숨을 깊이 들이마셨다. 그리고 그대로 코딱지를 팠다. 그리고 그걸 먹었다.

교실 전체가 함성과 비명과 웃음소리로 폭발했다. 아니, 학교 전체가 말 그대로 폭발해 버렸다. 교실 바깥에서 복도 끝까지 메아리치듯 웃음소리가 퍼져 나갔다.

'우와!'

눈이 휘둥그레지는 장면이 아닐 수 없었다.

교실 저 끝에 서 있는 스팍스 선생님은 입술을 일자로 다물고 있었다. 딱히 인상을 쓰는 건 아니지만 미소 짓는 것도 아니었다. 캔자스는 함성과 웃음소리가 어느 정도 잦아들 때까지 기다렸다가 뉴스를 읽기 위해 앞에 놓인 종이 뭉치로 눈길을 돌렸다. 종이 맨 위에 놓인 것은 뉴스 원고가 아니었다.

쪽지가 있었다. 작은 종잇조각에 브랜던의 뾰족뾰족하고 가느다란 엉터리 글씨체가 보였다.

네 임무는 뉴스를 진행하는 내내 의자를 빙빙 돌리는 것이다.

캔자스는 침을 꿀꺽 삼켰다. 캔자스에게 빙빙 돌기는 쥐약이나 마찬가지였다. 하지만 임무는 임무였다.

캔자스는 잠시도 주저하지 않고 자기가 읽어야 할 뉴스를 집어 들고 바닥을 발로 차면서 회전의자를 돌리기 시작했다.

"학부형 교사 협의회에서 케이크 바자회를 엽니다!"

캔자스는 의자를 빙빙 돌리며 뉴스를 전했다. 한 바퀴, 두 바퀴, 셋 넷 다섯 여섯…… 벌써 어지러웠지만 캔자스는 멈추지 않았다. 아니, 멈출 수가 없었다. "날짜는 오는 금요일, 겨울 장기자랑 대회가 열리기 전입니다." 열한 바퀴, 열두 바퀴. 책상 끝에 앉은 물 먹는 새가 이제 빨강과 파랑이 섞인 흐릿한 형체로 보였다. 열세 바퀴, 열네 바퀴…… 이제 캔자스는 수를 셀 수도 없었다. 눈앞에 스팍스 선생님이 지나갈 때마다 고개를 저으며 얼굴을 손에 파묻는 모습이 보였다. 그래도 캔자스는 계속 돌았다.

"컵케이크는 50센트, 쿠키는 25센트입니다. 프란신, 다음 소식 부탁합니다."

"어어……." 임무를 완수한 뒤에도 프란신의 목소리는 떨리는 듯했다. 프란신은 앞에 놓인 종이 뭉치를 내려다봤다.

"어젯밤에 열린 철자왕 대회 예선에서 딜런 커트너가 우승했습니다. 축하합니다. 딜런은 다음 달에 열리는 준결승에 진출합니다. 모두에게 열렬한 응원을 부탁합니다. 캔자스, 다음 소식 전해 주세요."

벌써 또 내 차례라고?

캔자스는 깊게 숨을 들이마셨다. 위가 식기세척기처럼 요란스레 부글거렸다. 캔자스는 다시 뉴스를 읽기 시작했다.

"교내 장기자랑 대회가 오는……."

위가 뒤집히기 직전이라는 신호를 보내왔지만 캔자스는 멈추지 않고 의자를 돌렸다. 돌리고, 읽고, 돌리고 읽고.

"장기자랑 대회가 오는 금요……."

목구멍 뒤편에서 신물이 넘어왔다. 그래도 캔자스는 계속 의자를 돌렸다.

"금요일, 오는 금요일에 열립니다. 학우들이 다양한 장기를 마음껏 뽐내는 시간입니다. 우승자에게는 200……."

캔자스는 참으려고 노력했다. 정말이지 있는 힘을 다했다.

그러나 바로 거기, 카메라 앞에서…… 전교생 앞에서……

눈앞에 별이 반짝이더니 캄캄해졌고……

여전히 빙빙 돌면서……

아침에 먹은 걸 전부 토했다. 바나나와 오트밀, 오렌지 주스 한 잔. 그 모든 것이 빙빙 돌면서 책상에, 바닥에, 그리고 캔자스 주변 전체에 완벽한 원을 그리며 퍼져 나갔다.

캔자스는 돌기를 멈추고 프란신을 바라봤다. 가슴팍까지 고꾸라진 머리를 들 수조차 없었다. 이렇게 끔찍한 기분은 느껴본 적이 없었다. 메슥거리고 비참한 기분. 앞으로 평생 이 기분을 떨쳐 버릴 수 없을 것이다. 담력왕이라는 별명도 이제 안녕이다. 임무에 실패했으니 점수도 얻지 못한다. 이제 8 대 8 동점이다. 그러자 이 처절하고 지독한 기분 속에서도 한 조각 분노가 일었다. 프란신이 얼마나 행복해할지 불 보듯 뻔했다.

그런데 프란신은 행복한 것 같지 않았다.

사실 프란신의 표정은 금방이라도…….

19.

물 마시는 새

토.

지금 프란신의 머릿속을 가득 채우고 있는 한마디였다.

사방에 토사물이 튀어 있었다. 프란신의 신발도, 바닥도 토사물 범벅이고 심지어 프란신이 입은 바지에까지 토사물이 점점이 튀어 있었다. 스팍스 선생님의 물 마시는 새 앞에 놓인 물컵에도.

저것은 혹시……?

그렇다.

오트밀이었다. 캔자스는 아침에 오트밀을 먹은 게 분명했다.

100 퍼센트 확실했다. 그리고 이젠 물 마시는 새가 그 오트밀을 먹으려고 머리를 숙이고 있었다.

프란신의 볼이 확 달아올랐다.

이마는 차가워졌다.

가슴이 콩닥거렸다.

눈에 눈물이 돌았다.

그리고 마침내 카메라 앞에서, 전교생 앞에서, 그야말로 모두가 보는 앞에서……

프란신도 먹은 걸 전부 토했다.

20.

탁상용 선풍기

"자, 그래요."

와인모어 선생님이 주먹코 너머로 캔자스와 프란신을 유심히 바라보며 말했다.

"난 두 사람 다 조만간 이 방에 오리라고 예감했어요."

캔자스는 교장실 벽에 붙은 시계를 올려다봤다. 8시 16분.

양호실에 갔다가 교장실로 불려 오기까지 딱 8분 걸렸다. 학교 역사에 새로운 기록을 세운 것 같았다.

"와인모어 선생님."

캔자스가 입을 열었다. 신발 끝에 아직도 토사물이 약간 묻어 있는 게 보였다.

"그건 제 잘못이 아니에요. 정말이에요. 저는……."

교장 선생님이 손을 들어 캔자스의 말을 막았다. "블룸 군."

하는 선생님의 목소리가 얼음송곳처럼 날카로웠다.

"잠시 입 다물고 있으세요."

캔자스는 선생님의 말을 따르기로 했다.

"난 두 사람 모두에게 확실히 말해 두었어요. 우리 학교에서 허튼 장난은 통하지 않는다고요. 맞나요?"

와인모어 선생님은 먼저 프란신을, 다음으로 캔자스를 쳐다보았다. 캔자스는 교장 선생님의 눈길이 레이저 광선처럼 파고드는 걸 느낄 수 있었다.

"확실히 말했지요?"

"네, 선생님."

캔자스는 시선을 무릎에 떨군 채 웅얼거렸다. 프란신 역시 작은 목소리로 "네." 하고 대답했다. 와인모어 선생님의 탁상용 선풍기가 딱 캔자스를 향했다. 위잉 소리를 내며 돌아가는 선풍기 바람 때문에 눈이 말랐다.

캔자스는 이것도 벌의 일부인가 싶었다.

"난 확실히 말했다고 생각했어요. 그런데 여기 두 사람은 끝내 스스로 웃음거리가 되고 말았군요. 전교생이 다 지켜보는 앞에서 말이죠. 담력도 좋아라."

선생님은 마치 썩은 음식을 뱉듯 그 단어를 말했다.

"만약 누가 두 사람더러 절벽에서 뛰어내리라고 하면 뒤도 돌아보지 않고 뛰어내리겠군요. 난 이런 문제적인 행동은 이제껏 본 적이 없어요. 그 나이에 누굴 좋아하는 감정이 생기면 어쩔 줄 모를 수도 있지만 담력 대결은 절대로 그런 감정을 다스리는 방법이 아니랍니다."

누굴 좋아한다고? 설마 프란신을?

캔자스의 배 속에 음식이 조금이라도 남아 있었다면 바로 그 자리, 교장실에서 마저 게워 냈을 것이다.

옆에 앉아 있던 프란신도 몸서리를 쳤다.

"저희가 담력 대결을 했다는 증거는 없을 텐데요. 오늘 아침에 전 그냥 코딱지가 있어서 팠을 뿐이에요."

캔자스는 이 대화의 방향이 마음에 들었다.

"맞아요. 프란신은 맨날 코딱지를 파 먹어요."

프란신이 열심히 고개를 끄덕였다.

"정말이에요. 전 그래요."

캔자스가 말을 이어받았다.

"전 그냥 의자를 돌리고 싶었……."

"블룸 군! 할라타 양!"

교장 선생님의 목소리가 얼음송곳에서 쇠망치로 변했다.

"관리인 그렐 씨가 스팍스 선생님 책상에서 작은 종잇조각을 발견했다고 보고했습니다. 블룸 군의 아침 식사…… 밑에서 말이지요. 물론, 그 종잇조각을 손에 쥐고 읽고 싶은 사람은 이 세상에 한 명도 없을 거예요. 하지만 그 종이에 '담력 대결'이라는 단어가 쓰여 있으리라는 건 안 봐도 알 수 있지요."

캔자스는 생각했다.

'저런 감자 같은 코를 가지고도 저렇게 무섭게 보일 수 있구나.'

"여러분이 자진해서 고백하지 않고 내 입으로 그 쪽지를 읽어야만 한다면, 벌이 두 배로 늘어날 거예요. 그러니까 지금 말하세요."

와인모어 선생님이 양 팔꿈치에 기대 몸을 앞으로 내밀었다.

"담력 대결을 했던 건가요, 할라타 양, 블룸 군?"

프란신은 한숨을 쉬었다.

"네."

이 상황에서 캔자스는 고개를 끄덕여 그렇다고 인정하는 수밖에 없었다.

"알겠어요. 그럼 그런 잘못된 행동에는 어떤 벌을 받아야 한다고 생각하나요?"

캔자스는 '방과 후에 남아서'라고 웅얼거리려던 찰나, 무언가를 깨달았다.

"전 그냥 의자를 빙빙 돌린 잘못밖에 없어요."

그랬다. 캔자스는 의자를 빙빙 돌리며 뉴스를 읽었을 뿐이다.

그게 어쨌다는 건가. 왜 그런 사소한 일로 벌을 받아야 하지?

"그게 교칙을 어긴 건 아니잖아요. 혹시…… 그게 교칙을 어기는 건가요?"

"맞아요."

프란신이 옆자리에서 거들었다. 캔자스는 그쪽으로 홱 고개를 돌렸다. 갑자기 둘이 같은 편이 된 이 상황에 프란신도 캔자스만큼이나 당황한 듯했다.

"코를 파 먹는 게 교칙을 어기는 건 아니잖아요. 만약 그렇다면 안드레는 맨날 벌을 받아야 해요."

두 사람을 쏘아보는 와인모어 선생님의 눈길은 제아무리 싱싱한 감도 3초 만에 말라비틀어진 곶감으로 만들어 버릴 수 있을 것 같았다. 선생님이 엄한 목소리로 꾸짖었다.

"여러분은 오늘 아침 자신들이 한 장난으로 학교 전체에 어떤 사태가 벌어졌는지 상상하지도 못할 거예요."

"음…… 사태라고요?"

캔자스가 물었다.

"우리 학교의!"

와인모어 선생님이 팔을 옆으로 뻗어 격렬하게 흔들었다.

"우리 학교의 비위가 약한 학생들이 블룸 군의 그 방송을 보고 모두 사고를 쳤어요."

"사고를 치다니요?"

프란신이 물었다.

"다른 사람이 토하는 걸 보면 연쇄 반응이 일어날 수 있다는 얘기가 있지요."

선생님은 속이 뒤틀리는지 잠시 눈을 감았다.

"43명. 현재 43명의 학생이 양호실에 누워서 부모들이 데리러 오기를 기다리고 있어요."

아하! 그래서 오늘 아침 양호실이 그렇게 붐볐구나. 캔자스는 학교에 머릿니가 유행하나 하고 생각했더랬다.

프란신이 천장에 닿을 정도로 눈썹을 치올렸다.

"그러니까, 저희가 그 43명을……?"

와인모어 선생님이 고개를 끄덕였다.

"첫 쉬는 시간까지 43명이 토했어요. 두 사람까지 더해 45명."

이거야말로 학교 신기록이었다.

"그러한 이유로, 두 사람 모두 오늘 하루 정학입니다."

"정학이요?"

캔자스는 목구멍이 곧 막힐 것만 같았다. 지금까지 벌 같은 건 한 번도 받은 적이 없는데. 단 한 번도 교장실에 불려 간 적이 없는데…….

"정학이에요."

와인모어 선생님이 똑똑히 말했다.

프란신의 얼굴이 새하얗게 질렸다.

"그러면……."

프란신은 숨을 깊게 들이마셨다.

"그러면 방송부는요? 저희, 방송부는 계속해도 되죠?"

와인모어 선생님은 손가락으로 책상을 두드리며 프란신의 얼굴을 한참 바라보았다. 캔자스는 가능한 한 의자 깊숙이 몸을 파묻었다. 혹시 그렇게 해서라도 눈에 띄지 않으면 선생님이 자기가 거기 있다는 사실을 잊어버릴지도 모른다는 듯이.

마침내 선생님이 대답했다.

"할라타 양, 평소 같으면 두 사람 다 즉시 방송부 활동 금지입니다. 하지만 이번엔 그럴 필요가 없을 것 같군요."

프란신이 잔기침을 하며 목소리를 가다듬었다.

"저, 정말요?"

"그럼요. 오는 월요일 부로 방송부가 해체될 테니까요."

"뭐라고요?"

캔자스와 프란신이 동시에 소리쳤다.

와인모어 선생님의 눈길은 벌써 책상 위 서류에 가 있었다.

"그래요. 알다시피 방송부에는 카메라가 필요하지요. 그런데 여러분이 쓰던 카메라가 망가졌다는군요."

선생님은 서류 뭉치 아래쪽을 책상에 대고 톡톡 쳤다.

"요즘 카메라는 토사물로 범벅이 되는 경우에 취약한 것 같네요."

"누가 카메라에 토했어요?"

말하는 캔자스도 비위가 상해 코에 주름이 잡혔다.

"저랑 프란신은 카메라에서 많이 떨어져 있었는데요. 설마 우리가 토한 게 거기까지……."

와인모어 선생님은 다시는 두 사람을 보고 싶지 않다는 표정으로 책상 위의 서류로 눈길을 돌리며 말했다.

"45번째 구토증 환자는 바로 엠마 파인위츠 양입니다."

21.

스케치북

금요일 아침 8시 16분에 하루 정학 처분을 받으면 무슨 일이 일어나는지 프란신은 몸소 체험했다. 금요일 아침 8시 16분에 하루 정학 처분을 받으면 아빠가 하는 미술 수업에 가야 했다. 프란신을 데리러 온 아빠는 차를 타고 가는 길 내내 눈길도 주지 않고, 콩깍지라고 부르지도 않고, 말을 걸려고 하면 인상을 팍 쓰면서 이렇게만 말했다.

"나중에 이야기하자. 응?"

절대 끝날 것 같지 않은 인상파 미술 슬라이드 수업 내내 프란신은 맨 뒷줄에 앉아 편안한 자세를 찾아보려고 몸부림을 쳤다.

대학생들이 왜 이렇게 쪼그만 책상을 쓰는지 이해할 수가 없었다. 초등학교 4학년밖에 안 된 프란신의 학교 책상도 이것보다 세 배는 컸다. 프란신은 책상 위에 새겨진 낙서를 들여다봤다. JB♥CL, JB♥TK, JB♥IN. 그 옆엔 더 난해한 낙서가 있었다. 커다란 글씨로 '우주선이 필요해'라고 써 놓은 것이었다.

프란신은 아빠가 프란신 책상 옆에 놓고 간 가방에서 스케치북을 꺼낸 다음, 새로 고안한 장치가 있는지 훌훌 넘겨보았다. 아니나 다를까, 거의 맨 마지막에 새로운 게 있었다. 이번에는 도미노들과 자전거 바퀴들, 잔디 살수기, 망치들, 청량음료 병들, 그리고 멜론 세 개가 등장했다. 맨 마지막에 이르면 끈이 포크를 잡아당기면서 조명 스위치를 켜게 되어 있었다. 프란신은 스케치북에 코를 박고 몇 단계인지 세어 봤다. 총 37단계였다.

갑자기 프란신은 스케치북을 탁 하고 덮었다. 그 소리 때문에 교실 앞에 있던 아빠가 프란신을 보며 얼굴을 찌푸렸다. 37단계라니. 맨 마지막에 제대로 작동할지 안 할지도 모르는 것을 위해 37단계를 거쳐야 하다니!

프란신은 조그만 철제 의자에 더 깊이 내려앉았다. 모든 게 무의미하다는 걸 깨달았다. 진짜로 중요한 건 하나도 없었다. 아빠가 발명하는 장치도 아무 소용 없다. 아빠는 언젠가 만들 거라고 장담하지만 그런 장치가 실제로 만들어질 리 없었다. 삼손 훈련도 아무 소용 없다. 아무리 훈련해도 똑바로 기어가는 것과 찍찍거리는 것 말고는 할 줄 아는 게 없었다. 담력 대결도 아무 소용 없어졌다. 방송부가 해체된 마당에 누가 이긴들 무슨 소용인가? 지금까지 프란신이 세운 모든 계획, 오랜 시간을 들여 그토록 꼼꼼하게 고안했던 인생의 모든 단계도 아빠의 스케치북 그림들만큼이나 아무런 의미가 없었다. 일은 절대로 계획대로 이루어지지 않는다. 꼭 중간에 뜻밖의 장애물이 나타나고 문제가 생기고 만다. 그런 걸 뭐하러 시도한담?

그날 저녁 프란신은 나탈리 집에 전화를 걸었다. 누군가와, 아니 제일 친한 친구와 이야기를 나누고 싶었다. 게다가 이젠 나탈리에게 엄마 아빠 이야기를 해야 할 때라는 생각도 들었다.

전화를 받은 나탈리 엄마는 나탈리가 알리시아 집에 갔다고 했다. 주말 내내 거기 있을 테니까 용건이 있으면 전해 주겠다면서.

"아니에요. 감사합니다."

프란신은 전화를 끊었다.

22.

테니스공

금요일 아침 8시 16분에 하루 정학 처분을 받으면 무슨 일이 일어나는지 캔자스는 몸소 체험했다. 금요일 아침 8시 16분에 하루 정학 처분을 받으면 엄마가 선물 가게에서 일하다 말고 학교에 데리러 와야 했다. 엄마는 차를 타고 집에 가는 내내 어떻게 전학 온 지 3주도 안 돼서 이런 문제를 일으킬 수 있느냐며 차가 떠나갈 듯이 큰 소리로 잔소리를 했다. 캔자스가 설명하려고 하자 엄마는 갈수록 캔자스가 아빠를 닮아 간다면서, 알아서 정신 차리지 않으면 엄마도 모르겠다는 말을 퍼부었다.

"하지만……."

캔자스는 항의하려고 했다.

"듣고 싶지 않아, 캔자스."

엄마는 컴퓨터, 게임, 텔레비전을 모두 금지했다. 그리고 정말 엄마를 돕고 싶으면 나흘 전부터 캔자스와 지니 방에 널브러져 있는 상자와 잡동사니를 치우라고 했다. 그래서 캔자스는 방을 치우는 대신 상자에서 쏟아져 나온 장난감이며 책이며 스웨터를 바라보며 온종일 뒹굴뒹굴했다. 그 물건들만이 예전 삶에서 남은 유일한 흔적이었다.

캔자스는 현관문을 열고 머리를 쑥 내민 채 이웃 무뇨즈 씨네를 살폈다. 별도 몇 개 뜨지 않은 쌀쌀하고 어두운 밤이었다. 그래도 어렴풋이 농구 골대가 보였다.

캔자스는 머리를 집어넣고 문을 닫았다.

그러다 다시 문을 열었다.

그리고 닫았다.

"대체 뭐 하는 거야?"

캔자스는 몸을 획 돌려 지니를 노려봤다. 발레복 차림에 허리춤에 손을 올리고 서 있었다.

"아무것도 아니야. 저리 가."

"가서 농구하고 싶으면 해, 오빠. 무뇨즈 아저씨가 아무 때나 와도 된다고 했잖아."

"내가 보고 있었던 건 그게 아니야. 뭐든 다 아는 척하기는. 꼭 알아야겠다면 가르쳐 주지. 난 날씨를 확인하고 있었어."

"그럼 농구공은 왜 들고 있어?"

"조용히 해."

"오빠는 농구 골대가 무서운가 보네. 난 아닌데."

지니는 발레리나처럼 빙글 돌면서 거실로 들어가 버렸다.

물론 캔자스가 농구 골대를 무서워하는 건 아니었다. 옆집 어른의 차고 앞에 슛 연습을 하러 가는 게 좀 어색한 것뿐이다. 그 아저씨가 언제든 와도 좋다고 이미 허락했어도 말이다.

캔자스는 공을 왼쪽 허리에 끼고 다시 문을 열었다. 온종일 방구석에 처박혀 있었더니 좀이 쑤셔도 너무 쑤셨다. 연속으로 여덟 번이나 슛을 성공시켰을 때, 무뇨즈 씨가 현관에 나왔다.

"거기 농구 골대를 달아 놓으니까 좋지?"

"네."

캔자스는 다시 어둠을 가르며 슛을 했다. 골인! 어두워서 그물망 소리만 들렸다.

"꽤 잘하네? 아빠가 가르쳐 주셨나?"

무뇨즈 씨가 주머니에 손을 넣은 채 말했다.

공이 튕겨 캔자스 쪽으로 돌아왔다. 공을 잡은 캔자스는 몇 번 드리블을 하며 차고 앞을 가로질렀다. 그리고 다시 한번 겨냥해서 공을 던졌다. 슛! 또 골인!

무뇨즈 씨는 캔자스가 세 번 더 완벽하게 슛을 성공시키는 걸 아무 말 없이 지켜보았다. 캔자스는 아저씨가 무척 심심한가 보다 하고 생각했다. 웬 녀석이 자기 집 앞마당에 와서 슛 연습 하는 걸 구경하는 것 말고는 다른 할 일이 없는 것 같으니 말이다.

다음 슛은 들어가지 않았다. 처음 날아갈 때부터 방향이 잘못

돼서 테에 맞고 그대로 땅에 떨어졌다. 공은 차고 앞을 쭉 굴러가 무뇨즈 씨 발치에 멈췄다. 아저씨가 공을 집어 들었다.

"난 한심한 몸치거든. 기계는 잘 다루는데 말이야."

아저씨는 공의 무게를 가늠하려는지 공을 손 안에서 이리저리 굴려 보았다. 그러더니 골대를 향해 공을 던졌다. 캔자스는 공이 아저씨 손을 떠나기 전부터 실패하리란 걸 알았다. 공을 너무 느슨하게 잡았고, 각도도 높았다.

공은 골대에서 1미터쯤 못 미쳤다. 캔자스는 공을 잡아 드리블을 하며 나뭇잎으로 3점 슛 라인을 정해 놓은 데까지 나갔다. 그리고 공을 골대에 집어넣었다.

"학교에 농구팀 없니? 그렇게 잘하는데 왜 안 데려가나 몰라."

캔자스는 다시 한번 3점 슛을 성공시켰다.

"농구부가 있긴 해요."

생각해 보니 방송부가 해체되면 농구부에 들어갈 수도 있었다. 하지만…….

"그냥 별로예요."

"그래? 왜일까?"

캔자스는 보지 않고도 아저씨가 눈썹을 치올리는 걸 '느낌으로' 알았다.

캔자스는 그냥 어깨를 으쓱했다. 어떻게 설명해야 할지 몰랐다. 슛을 성공시킬 때마다 아빠 생각이 난다는 것을. 농구가 재미있고 자기가 농구를 잘한다는 것도 알지만, 한편으로 농구가 좀 짜증 난다는 것을. 그리고 그 싫은 부분이 영원히 없어지지 않을지도 모른다는 것을 캔자스는 설명할 수 없었다.

"모르겠어요."

캔자스가 그렇게만 말하고 별말 없이 공을 골대에 던져 넣는 것을 바라보던 무뇨즈 씨가 이윽고 입을 열었다.

"참, 최근에 새로 시작한 일이 있는데, 너만 괜찮으면 이번 주말에 좀 도와줄래? 전기톱 사용법을 가르쳐 주마."

캔자스는 다시 공을 던졌다.

"고맙지만 사양할게요."

골인!

"좀 바빠서요. 숙제다 뭐다 해서."

캔자스는 다시 공을 잡고 겨냥했다.

슛, 골인!

"그렇구나. 혹시라도 마음 바뀌면 말해라."

"네."

캔자스는 다시 공을 던졌다.

"잘 자라, 캔자스."

무뇨즈 씨는 집으로 들어가 문을 닫았다.

캔자스는 들어가지 않고 계속 공을 골대에 집어넣었다. 30분쯤 지나 무뇨즈 씨네 불이 모두 꺼지자 캔자스는 공을 옆구리에 끼고 마당을 가로질러 집으로 돌아갔다.

토요일 오후, 캔자스는 방에 앉아 때 묻은 테니스공을 벽에 던졌다 받았다 하면서 거실에서 지니가 크게 틀어 놓은 유치한 소녀 영화에서 나오는 음악 소리를 무시하려고 애쓰고 있었다. 그날 아침 캔자스는 일찍 일어나서 또 농구 연습을 하려고 했었다. 그런데 아침 7시 반밖에 안 됐는데 무뇨즈 씨가 벌써 밖에 나와 차고 문을 열어 놓은 채 일을 하고 있었다. 아저씨는 캔자스에게 2인 농구 게임을 하겠느냐고 물었지만, 캔자스는 그냥 우편물을 가지러 나왔다고 둘러댔다. 그러고는 서둘러 다시 집에 들어가느라 우편함을 확인하지도 않았다.

헛똑똑이 같으니!

거실에서 지니가 텔레비전 소리를 더 크게 키웠다.

캔자스는 공을 더 세게 던졌다. 공이 벽에 부딪힐 때마다 퉁, 퉁 소리가 났다.

퉁, 퉁, 팡.

지니가 소리를 또 얼마나 크게 올렸는지 마치 캔자스의 머릿속에 텔레비전이 들어앉은 것 같았다.

테니스공을 잡아챈 캔자스는 거실로 돌진했다.

"지니야! 소리 좀 낮출 수 없어?"

지니는 화면에서 눈도 떼지 않은 채 혀를 쑥 내밀었다.

"오빠가 시끄럽게 하니까 소리가 안 들려서 올렸어."

캔자스는 텔레비전을 쳐다봤다. 캠핑 복장을 한 두 여자아이가 밖에 비바람이 몰아치는 동안 통나무집 안에서 벽에 사진을 붙이고 있었다.

"저런 건 왜 보는데? 진짜 멍청한 영화 같구만."

"안 멍청해. 좋은 영화야. 〈페어런트 트랩〉이라고, 저 여자애 둘이 쌍둥이인데 엄마 아빠가 이혼했어. 그래서 그걸 되돌리려고 하는 거야. 요가 교실에서 만난 프라니가 진짜 괜찮은 영화라고 했어. 결말이 어떻게 되는지 알고 싶어."

캔자스는 얼굴을 찡그렸다. 지니가 요가 교실에서 만난 할머니가 뭐라고 했는지는 알 바 아니었다. 이제 보니 무슨 영화인지 알 것 같았다. 전에 본 영화였다. 캔자스가 지니만 했을 때. 아빠가 처음으로 집을 나갔을 때였다. 그리고 그 영화가 어떻게 끝나는지도 정확히 기억난다.

캔자스는 테니스공을 바닥에 떨어뜨리고 텔레비전으로 돌진해서 전원 버튼을 팍 눌렀다. 화면이 순간 환해졌다가 픽 하며 꺼졌다.

"오빠! 왜 그래! 다시 켜!"

지니가 비명을 지르더니 곧 자리에서 일어나 텔레비전 쪽으로 몸을 던졌다. 캔자스가 지니를 막고 동생의 양 팔을 몸통에 꼭 붙였다.

"넌 저 영화 금지야. 바보 같은 영화거든."

"금지 아니야! 이거 놔!"

캔자스는 놓을 수 없었다. 지니가 몸부림을 쳐도 계속 꼭 붙들고 동생을 설득했다.

"네가 저 영화를 보려고 하는 건 우리 엄마 아빠에게도 똑같은 일이 일어났으면 해서지? 엄마 아빠가 다시 합쳤으면 해서."

"맞아. 그게 어때서?"

지니가 손을 뻗어 텔레비전을 켜려고 했지만 캔자스가 막았다.

"그런 일은 일어나지 않아."

5일. 아빠가 오리건 주로 돌아간 지 5일이 지났다. "금방 연락할게!" 하고 가 버린 뒤 5일이 지난 것이다. 전화 한 통 오지 않았다. 물론 그동안 지니가 몇 번이나 전화를 걸었지만 한 번도 연결되지 않았다.

지니에게 진실을 알려 줄 때가 된 것이다.

"아빠는 절대로 돌아오지 않아. 절대로."

"아빠는 돌아와!"

지니가 꽥 소리를 지르고 캔자스의 팔을 콱 물었다. 캔자스가 비명을 지르며 잡은 손을 놓치자 지니는 복도로 달려 나갔다. 캔자스가 뒤쫓아 갔지만 방에 먼저 도착한 지니가 문을 쾅 닫아 버렸다.

"오빠는 아무것도 모르면서 막 그래!"

방 안에서 지니가 고함쳤다. 캔자스는 억지로 문을 열려고 했지만 지니가 온몸으로 문을 막고 있는 듯했다.

"오빠는 아무것도 몰라! 아빠는 돌아올 거야. 여기로 이사 와서 우리랑 살 거야. 두고 봐!"

캔자스는 포기하고 바닥에 주저앉아 문에 등을 기댔다.

"아빠는 우리를 사랑해."

지니가 문을 사이에 두고 말했다.

"지니야."

캔자스는 목소리를 차분하게 가라앉히려고 애썼다.

"아빠 엄마는 이혼할 거야."

"아니야! 아빠는 이리로 이사 올 거야. 틀림없어!"

캔자스는 한숨을 쉬었다.

"아빠는 전에도 집을 나간 적이 있어."

동생에게 이 이야기는 하고 싶지 않았다. 이 이야기를 지니에게 하고 싶은 적은 한 번도 없었다. 하지만 이제는 해야만 했다. 그게 지니를 알아듣게 하는 유일한 방법이었다.

"넌 너무 어렸을 때라 기억 못 할 거야. 아빠는 그때도 갑자기 떠나 버렸어. 그때 다시 돌아오지 않았다면 차라리 나았을 텐데."

두꺼운 문 사이로도 지니가 훌쩍이는 소리가 들려왔다. 지니는 잠깐 말이 없다가 이렇게 말했다.

"오빠 말 안 믿어."

캔자스는 카펫에서 보풀을 하나 떼어 냈다.

"정말이야. 네가 세 살 때였어. 아빠가 한 달 동안이나 집을 나갔었어."

또 한 번 훌쩍. 캔자스는 지니가 하고 있는 짓이 눈에 보이는 듯했다. 아마 옷소매로 코를 닦고 있을 것이다.

"하지만 다시 돌아왔잖아. 다시 돌아온 건 아빠가 우리를 사랑한다는 뜻이잖아. 이번에도 또 돌아올 거야."

지니가 부드러운 목소리로 말했다.

캔자스는 한 걸음 떨어진 곳에 보푸라기가 있는 걸 보고 몸을 숙여서 그것도 떼어 내 손가락 사이에서 동그랗게 굴렸다.

"그래, 그땐 아빠가 돌아왔지."

캔자스는 신중하게 말을 골랐다.

"그때 네가 아팠으니까."

"내가 아파서?"

지니가 물었다. 훌쩍.

"응. 그러니까 그때가…… 너에게 땅콩 알레르기가 있다는 걸 처음 알았을 때였어. 네가 병원에 실려 가고 다들 정말 엄청 걱정했지. 넌 온갖 기계에 호스로 연결된 채 침대에 누워 있고, 모두들 네가……."

캔자스는 세 살이었던 지니 얼굴을 떠올렸다. 병원에 실려 가는 지니 얼굴은 여기저기 빨갛게 부어오르고 잔뜩 겁에 질려 있었다.

"그때는 정말 끔찍했어. 그래서 아빠가 돌아온 거고."

지니가 꺼져 가는 목소리로 훌쩍이며 말했다.

"어쨌든 돌아왔잖아. 그리고 계속 같이 있었잖아. 아빠는 우리를 사랑하니까."

캔자스는 또 한 번 한숨을 쉬었다. 어떻게 설명해야 할지 알 수 없었다. 그때 아빠가 돌아왔을 때 캔자스는 지금의 지니처럼 생각했다. 겨우 여섯 살이었고, 아빠 얼굴을 보는 것만으로도 정말 좋았다. 하지만 그러면서도 마음속 저 깊은 곳에서는 아빠가 다시 떠나리란 걸 알고 있었다. 아빠가 영원히 집을 떠나는 건 시간문제라는 것도. 아빠는 캔자스와 지니를 사랑하는 걸까? 그건 알 수 없었다. 어쩌면 아빠 나름의 방식으로 사랑하는지도 모른다. 하지만 아이들 옆을 지키면서 아빠 노릇을 하는 식으로 사랑하는 것은 아니다.

그것으론 충분하지 않다.

캔자스는 보푸라기를 도로 카펫에 떨어뜨리고 천천히 일어났다. 숨을 깊게 들이마셨다. 캔자스가 다른 무엇보다도 간절히 바라는 게 있다면 그건 지니가 이 상황을 이해하는 것이었다. 캔자스는 확실하면서도 조심스럽게 말했다.

"아빠와 엄마는 절대 원래대로 돌아가지 않아."

마지막으로 한 번 더 못을 박았다.

"앞으로도 영원히. 그러니까 이제 그런 건 바라지 마."

방문에서 멀어지면서도 캔자스의 귀에 지니가 흐느껴 우는 소리가 들렸다.

23.

시리얼 바

삼손은 토요일 밤 사이에 프란신을 세 번이나 깨웠다. 우리 안에서 꾸잉꾸잉 소리를 내며 놀아 달라고 애원하는 것이었다. 지난 이틀 프란신이 아빠 집에 가 있는 동안 혼자 너무 심심해 하다가 프란신이 돌아오자 난리를 피우는 게 분명했다. 그래서 세 번째 깼을 때 프린신은 결국 다시 잠들기를 포기했다.

"관심이 필요하다 이거지, 꾸잉꾸잉 귀염둥이야?"

삼손의 우리로 조용히 걸음을 옮기며 프란신이 말했다.

아침 8시 30분에 엄마가 방문을 열었을 때 프란신은 잠옷 바지를 이용해 만든 새로운 장애물 코스에서 삼손을 훈련하고 있었다.

삼손은 한쪽 다리로 들어가 다른 쪽 다리로 나와야 하는데 자꾸 허리 부분에서 헷갈려 했다.

삼손이 바지의 한쪽 다리를 맴도는 걸 구경하던 엄마가 말했다.

"머리가 아주 좋은 녀석은 아니지? 물론 무지 귀엽지만."

프란신은 미소를 지으며 삼손을 바지에서 구출해 가슴에 안았다. 둘이 함께 텔레비전 쇼에 출연하려면 열심히 훈련해야 했다. 사실 프란신도 훈련이 필요하긴 마찬가지였다. 인정하긴 싫지만 지난 금요일 카메라 앞에서 완전히 넋이 나가 버렸었다. 코딱지 임무와 구토 사건 때문만은 아니었다. 깜빡이는 초록색 불빛을 카메라 뒤에서 볼 때와 앞에서 볼 때가 그렇게 다를 줄은 몰랐다.

"요가 교실에 가려면 어서 옷 입어야지. 아침은 식탁에 준비해 놨어. 참, 프란신?"

엄마가 문 앞에서 몸을 돌리며 말했다.

"네 아빠와 내가 드디어 올해 크리스마스 계획을 세웠단다."

프란신은 자기가 삼손을 얼마나 꽉 쥐어짜고 있는지 깨닫지 못했다. 결국 삼손이 참지 못하고…… 꾸이이익!

"크리스마스?"

프란신은 팔에 힘을 빼며 물었다.

"그래. 크리스마스이브하고 다음 날 아침까지는 엄마랑 보낼 거야. 그다음에 네 아빠와 교회에 갔다가 아빠 집에서 크리스마스 만찬을 먹을 거야. 네 아빠도 크리스마스트리를 세운대. 그러니까 넌 올해 크리스마스트리를 두 개나 장식할 수 있어. 정말 재미있겠지?"

꾸이이익!

프란신이 또 너무 세게 안았는지 삼손이 프란신 품에서 빠져나와 마루 저쪽으로 도망가 버렸다. 프란신은 삼손을 다시 안아 안전하게 우리에 집어넣고 나서 고개를 들었다. 엄마는 이미 보이지 않았다. 질문을 해 놓고선 프란신의 대답을 듣지도 않고 가 버린 것이다.

요가 수업 내내 프란신은 룰루 선생님이 가르쳐 주는 대로 몸을 꼬아 보려고 했다. 하지만 프란신은 진짜 꼬인 건 자기 마음이라는 것만 깨달았다.

크리스마스 하루를 둘로 나누어 아침은 엄마와, 저녁은 아빠와 보낸다니. 크리스마스 날 아침에 아빠가 김이 솔솔 나는 에그노그 잔을 들고 와서 프란신을 깨우는 것도, 교회에 가서 엄마가 그 아름답고 맑은 목소리로 프란신이 제일 좋아하는 성가를 부르는 걸 듣는 것도 이제는 안녕인가? 앞으로 매년 이런 식으로 크리스마스를 보내야 하는 걸까?

프란신은 엄마 아빠가 난데없이 이혼 같은 걸 하는 바람에 엉망진창이 되어 버린 자기 인생을 생각하느라 바빠서 지니가 자기보다 훨씬 더 꿍해 있는 걸 한참 후에야 눈치챘다. 지난주처럼 킥킥거리며 데굴데굴 굴러다니던 아이가 아니었다. 너무도 우울한 얼굴을 하고 있었다.

"너 괜찮아?"

나란히 요가 매트에 누워 '두 다리 올리기'를 할 때 프란신이 속삭였다. 지니가 찌푸린 얼굴로 속삭였다.

"좋은 방법을 떠올리는 중이야."

프란신의 양 눈썹 끝이 휙 올라갔다.

"〈패어런트 트랩〉처럼 말이야. 아빠를 돌아오게 만들 방법이 필요해. 그 영화에 나오는 쌍둥이들이라면 진짜 좋은 아이디어를 떠올렸을 텐데. 생각을 해야 해."

지니가 설명했다.

"여러분? 호흡에 정신을 집중해 볼까요?"

앞에서 룰루 선생님이 둘을 지적했다.

수업이 끝나고 복도에 나와 시리얼 바를 쩝쩝 씹던 프란신은 그제야 지니에게 꼭 들려줬어야 할 말을 떠올렸다. 문제를 해결할 좋은 방법을 찾는 일에 관해서는 프란신이야말로 제일 쓸모없는 사람이라는 말을 해 줬어야만 했다. 프란신은 무슨 말을 해야 할지, 어떤 행동을 해야 할지 도무지 알 수 없었다. 어쩌면 지니가 도움을 청해야 할 사람은 영리하고 용감하다는 지니 오빠가 아닐까 싶었다.

그런데 지니가 어디 갔을까? 화장실에도 없었다. 거긴 프란신이 방금 다녀왔으니까. 어른들이 모여 있는 앞문 근처에도 없었다. 무뇨즈 아줌마가 코트를 입고 지니를 기다리고 있는 걸 보면 확실했다. 그럼 대체 어디에 있는 걸까?

프란신이 지니를 발견한 건 바로 그때였다. 아무도 없어야 할 요가 교실에 무언가가 있었다. 유리 벽을 통해 그 모습이 보였다. 지니였다. 지니가 바닥에 누워 있었다. 처음에는 요가의 마지막 동작을 연습하고 있는 줄 알았다. 룰루 선생님이 방금 가르쳐 준 그 동작을. 그런데 지니는 요가 연습을 하는 게 아니었다. 눈을 감고 온몸을 떨고 있었던 것이다.

지니 손에 봉지가 뜯긴 시리얼 바가 들려 있었다.

프란신이 비명을 질렀다.

그 뒤로는 모든 것이 뒤죽박죽이었다. 정말이지 프란신은 그 뒤에 벌어진 일을 거의 기억하지 못했다. 단지 들은 이야기에 따르면, 그러니까 나중에 엄마와 룰루 선생님이 설명해 준 대로라면 프란신이 번개처럼 뛰어와 어른들에게 그 사실을 알렸다고 한다. 그리고 무뇨즈 아줌마가 가방에 넣고 다니던 약을 지니의 다리에 주사했다고 한다. 그리고 아주머니가 주사를 놓는 사이에 프란신이, 누가 도와주기도 전에 알아서, 엄마의 요가 가방에서 휴대전화를 찾아내 구급차를 불렀다고 한다. 그게 프란신이 들은 이야기였다.

프란신이 기억하는 것은 상황이 거의 해결된 후, 그러니까 구급대원들이 지니를 구급차에 싣고 사이렌을 울리며 병원으로 데리고 가는 장면뿐이었다. 프란신이 울기 시작한 건 그때였다. 요가 교실 바닥에 그대로 주저앉아 어깨를 들썩이며 커다랗게 흐느껴 울었다.

엄마가 와서 프란신 옆에 다리를 쭈그리고 앉으며 몸을 꼭 붙였다. 두 팔로 프란신을 껴안고 머리를 쓰다듬어 주었다.

"쉬이, 쉬이. 괜찮아, 우리 아기. 다 괜찮을 거야."

엄마는 그렇게 말하면서 프란신의 몸을 앞뒤로 부드럽게 흔들었다. 프란신은 따뜻한 토스트 위에서 버터가 녹듯 엄마의 말이 자기 몸을 따뜻하게 감싸는 걸 느꼈다.

"지니는 괜찮을 거래. 구급대원들이 괜찮을 거라고 했어. 네가 해냈어. 우리 딸은 뭘 어떻게 해야 하는지 잘 알고 있구나."

24.

꽃다발

마침내 지니가 깨어났을 때 캔자스는 병원 침대 옆 폭신한 의자에 앉아 있었다. 처음에는 지니가 깨어난 것도 잘 몰랐다. 환자를 계속 보고 있지 않으면 깨어났는지 아닌지 알기 어렵기 때문이다. 캔자스는 지니를 지켜보고 싶지 않았다. 파란색 담요에 싸여 누워 있는 지니는 너무 쪼그맸다. 얼굴은 울긋불긋 얼룩덜룩하고 팔에는 긴 줄이 꽂혀 있었다. 그 모습을 차마 보고 있을 수가 없었다.

"오빠?"

캔자스가 고개를 들었다.

"깨어났네."

미소를 지으려고 해도 잘 되지 않았다. 지니는 한참 전에, 그러니까 병원에 도착하고 네 시간쯤 지나 잠들었다. 의사들은 지니가 이제 아무 문제 없고 휴식을 취하기만 하면 된다고 했지만, 캔자스는 지니가 다시 눈을 뜬 걸 보고 나서야 자기가 계속 숨죽인 채 기다리고 있었다는 사실을 깨달았다.

"엄마는 어디 있어?"

"커피 사러 갔어. 금방 올 거야. 아니……."

캔자스는 비디오 게임기를 바닥에 내려놓으며 말했다.

"가서 오라고 할게. 오빠가 엄마 데려올까?"

지니가 고개를 저었다.

"괜찮아."

캔자스는 의자에 기대앉았다.

"몸은 어때?"

지니는 누운 채 어깨를 으쓱했다.

"물이나 뭐 가져다 줘?"

"아니, 괜찮아. 고마워."

"그래. 나중에라도 필요한 거 있으면 말해."

"캔자스 오빠? 아빠는 언제 와?"

캔자스는 게임기를 켰다가 바로 다시 껐다.

"뭐?"

지니는 캔자스를 바보 보듯이 바라봤다.

"아빠 언제 오냐고."

그 순간 캔자스는 모든 것을 이해했다. 이해가 돼 버렸지만, 차라리 모르는 편이 더 나을 것 같았다. 캔자스는 자기가 낼 수 있는 가장 부드럽고 가장 오빠다운 목소리로 말했다.

"지니야, 아빠는 안 와."

지니는 이마에 깊은 주름이 다섯 개나 잡힐 정도로 얼굴을 찌푸렸다.

"엄마가 전화 안 했어?"

"아니, 전화했어."

엄마가 휴대전화로 아빠에게 전화했을 때도 캔자스는 지금 앉아 있는 바로 그 의자에 앉아 있었다. 엄마는 캔자스에게 들리지 않도록 복도로 나갔지만 다 들렸다.

"그래도 여기로 와야지.", "지금 일이 문제야?", "지니는 당신 딸이야, 맙소사, 닉!" 같은 소리가 여러 차례 들려왔다. 그리고 마침내 병실로 돌아온 엄마는 입술을 굳게 다문 채 캔자스를 쳐다보며 천천히 고개를 저었다.

"하지만……."

지니가 입을 열었다. 하지만 말을 더 잇지 못했다. 그 '하지만' 뒤에 무슨 말이 이어질 수 있을까? 그건 캔자스도 몰랐다.

"너, 그래서 그런 거지?"

"뭘?"

"시리얼 바 먹은 것 말이야. 그래서 먹은 거지? 아빠가 돌아올 줄 알고. 지난번처럼."

지니가 담요 밑에서 무릎을 굽히자 두 개의 파란색 산이 생겼다. 지니가 다리를 가슴팍까지 끌어올렸다. 그러고는 아무 말

없이 훌쩍거리기 시작했다. 캔자스는 게임기를 내려놓고 침대 위로 기어 올라가 지니 옆 담요 위에 앉았다. 최대한 가까이 다가간 캔자스는 조그만 새집 같은 지니의 머리를 자기 어깨에 기대게 했다.

"그다지 영리한 짓이 아니었어, 지니야."

캔자스는 동생의 머리를 쓰다듬으며 말했다.

지니가 훌쩍거렸다.

"넌 세상에서 제일가는 바보야."

캔자스는 최선을 다해 동생의 머리를 쓰다듬었다. 지니는 오빠 품에 파고들어 두 눈을 감았다.

"오빠?"

"응?"

"아빠는 진짜 다시 안 오는 거지, 그치?"

"응. 안 올 거야."

지니가 코를 쓱 문지르며 말했다.

"알았어."

캔자스가 몸을 떼며 지니를 바라봤다.

"우린 아빠 필요 없어. 그렇지, 오빠? 우린 아무도 필요 없어."

"맞아. 우리끼리 잘 살 수 있어."

캔자스는 다시 지니의 머리를 쓰다듬기 시작했다.

둘이서 그렇게 서로 기대앉아 있는데 갑자기 지니가 몸을 꼿꼿이 세워 앉으며 소리쳤다.

"왔다!"

"뭐?"

캔자스는 지니의 시선을 따라 복도 쪽을 봤지만 아무도 보이지 않았다.

"누가 왔다는 거야?"

"프라니 말이야. 요가 교실에서 만난 언니. 그 언니 머리를 봤어. 방금 복도를 지나갔어."

"프라니?"

"응, 오빠도 알 거야. 뉴스 시간에 나온 언니. 그 언니가 내 목숨을 구해 줬어."

지니가 헛소리를 하는 것 같았다. 엄마나 간호사, 아니 아무라도 불러야겠다고 생각하면서 일어서던 캔자스 눈에 그 애가 들어왔다. 그 애가 꽃다발을 들고 병실로 들어왔다. 신호등 불빛처럼 선명한 초록색 머리를 하고서.

"프란신?"

"캔자스?"

지니가 손뼉을 치며 외쳤다.

"와, 잘됐다! 둘이 친구 사이야?"

프란신은 꽃다발을 바닥에 떨어뜨렸다.

25.

외발자전거

프란신이 캔자스 따위와 친구가 되고 싶은 마음이 든 건 절대 아니었다. 누굴 봐주는 것과 좋아하는 것은 전혀 다른 문제였다. 중요한 건 그날 이후 프란신이 캔자스를 봐줄 수 있게 됐다는 것이다. 지니가 캔자스의 여동생이라는 것도 이유가 되었다. 그렇게 귀여운 동생을 가진 애를 미워하기란 쉽지 않았다. 그보다 더 큰 이유는 캔자스와 자기에게 공통점이 있다는 걸 알게 되어서였다. 캔자스는 둘이 그런 공통점이 있다는 사실도 모르겠지만 말이다. 그 애 부모도 이혼하기로 했던 것이다. 프란신의 부모처럼. 왠지 그 작은 사실 하나로 모든 것이 바뀌어 버렸다.

그런데 진짜 이상한 일은 갑자기 캔자스도 프란신을 참아 줄 수 있게 된 것 같다는 것이었다. 월요일 아침, 학교가 시작하기 전에 학교 앞 계단에서 캔자스와 마주친 프란신이 좀 망설이다가 "아, 음, 안녕." 했을 때, 캔자스는 프란신의 예상과 달리 자기를 무시하지도, 소리를 지르지도 않았다. 그냥 "아, 응, 안녕." 했을 뿐이다. 또, 점심시간에 루이스가 기어코 방송부 비상 회의를 열었을 때도 캔자스 맞은편에 앉은 프란신은 회의 내내 한 번도 눈을 굴리지 않았다. 쉬운 일은 아니었지만 끝까지 참았다. 심지어 한순간 캔자스가 자기를 보고 살짝 웃은 것 같은 느낌까지 받았지만, 그건 트림을 하는 표정이었을 수도 있다.

"우린 계획을 세워야 해."

루이스가 식당 테이블 위에 팔꿈치를 괴고 말했다.

나탈리가 초콜릿 푸딩 컵의 알루미늄 호일을 벗기고 맞은편에 앉은 알리시아에게 푸딩을 건넸다. 플라스틱 숟가락까지. 프란신은 못 본 척하고 시금치로 싼 생선과 제비콩 도시락을 마저 먹으면서 곤죽처럼 으깬 생선이 세상에서 제일 맛있는 음식이라도 되는 것처럼 미소를 지으며 물었다.

"무슨 계획?"

"새 카메라를 살 계획. 새 카메라가 없으면 방송부는 해체잖아? 스팍스 선생님이 그러는데 방송부엔 자금이 없대. 그러니까 카메라 살 돈을 모을 방법을 우리가 찾아야만 해. 내가 좀 알아봤는데 제일 싼 카메라가 179달러야."

"179달러? 그 많은 돈을 우리가 어떻게 모아? 당황하다."

엠마가 말했다.

"뭐라고?"

프란신이 물었다.

"황당하다는 뜻이지? 맞아, 정말 황당해."

알리시아가 설명했다.

"그거야. 정말 황당해."

엠마가 대답했다.

방송부 활동이 없는 아침은 정말 낯설었다. 그날 프란신은 다른 학생들처럼 8시 5분에 학교에 도착했다. 그리고 다른 학생들처럼 붐비는 복도를 걸어갔다. 그리고 다른 학생들처럼 자리에 앉았다. 그리고 다른 학생들처럼 와인모어 선생님이 구내방송을 통해 웅얼웅얼 뉴스를 전하는 걸 들었다. 프란신은 카메라 뒷자리가 이렇게 그리울 줄 몰랐다. 프란신이 물었다.

"케이크를 구워서 팔아 볼까? 세차하기는 어때?"

나탈리가 고개를 저었다.

"별로야. 우리 언니들이 치어리더부에 필요한 돈을 모으려고 맨날 케이크 구워 팔고 세차도 하는데, 일만 엄청 하고 돈은 하나도 못 벌어."

"그래?"

프란신의 얼굴이 실망으로 어두워졌다.

브랜던이 들고 있던 음료수 캔을 손으로 찌부러뜨린 뒤 저 멀리 쓰레기통을 겨냥해 아이들 머리 위로 던졌다. 캔은 쓰레기통 테두리에 부딪혀 식당 바닥에 떨어졌다.

"난 프란신과 캔자스가 카메라 비용을 내야 한다고 생각해.

담력 대결을 한 건 두 사람이잖아. 그 담력 대결 때문에 카메라가 고장 났고."

브랜던이 캔은 주울 생각도 하지 않고 말했다.

"맞아, 프란신과 캔자스가 비용을 내야 해."

안드레가 거들었다.

"말도 안 돼! 나한테 179달러가 어디 있어."

프란신이 말했다.

"나도 없어. 179달러는커녕 179센트도 없다."

캔자스가 말했다.

"그런데 브랜던, 카메라를 고장 낸 건 쟤들이 아니야. 카메라에 토한 사람은 엠마잖아."

알리시아가 비아냥거렸다.

"야! 나도 어쩔 수 없었어. 갑자기 메슥거리는 걸 어떡해! 그리고 알리시아 네가 독감에만 안 걸렸어도 이런 일은 아예 안 일어났을 거야."

엠마가 소리쳤다. 맞은편의 나탈리가 팔을 뻗어 엠마와 알리시아의 팔을 토닥였다.

"이건 너희 잘못이 아니야. 꼭 잘못을 따져야 한다면 브랜던 잘못이지. 브랜던이 내놓은 임무 때문에 모두 토하기 시작했잖아. 게다가 우리 투표도 거치지 않고 그런 임무를 내놓았다고."

"맞아. 투표로 정하기로 했잖아. 브랜던, 이건 심각한 반칙이야."

엠마가 말했다.

"카메라 고장 내 놓고 괜히 나에게 분풀이하지 마."

브랜던이 쏘아붙였다.

"그런 거 아니야!"

"그런 거 맞거든!"

그런 식으로 모두가 서로 잡아먹을 듯이 으르렁거리기만 했다. 프란신은 이래선 시간 낭비라고 생각했다. 마침내 프란신이 입을 열었다.

"얘들아, 이건 누구의 잘못도 아니잖아. 우리 모두 힘을 합쳐 문제를 해결해야 해."

모두 마지못한 목소리로 동의했다.

"좋은 아이디어 하나만 있으면 되는데. 확실히 돈을 벌 방법."

모두 생각에 잠겨 조용해졌다.

갑자기 루이스가 테이블을 탁 쳤다.

"그거다! 장기자랑 대회!"

"뭐?" 하며 프란신이 고개를 번쩍 들었다.

"상금 말이야. 장기자랑에서 우승하면 상금이 200달러야."

엠마가 손뼉을 쳤다.

"그 돈이면 새 카메라 살 수 있겠다."

"그렇겠다. 하지만 우승을 해야 하잖아. 거긴 엄청난 애들이 수두룩하게 나오는데."

프란신이 천천히 말했다.

"맞아. 작년 대회 기억해? 발로 피아노 치던 애."

나탈리가 얼굴을 찌푸리며 말했다.

"맞아, 그랬지! 타냐와 테레사의 곡예도 대단했지? 한 손 재주넘기를 열 번 연속으로 했잖아."

엠마가 말했다.

"맞아. 우리는 그것보다 더 잘해야 하는 거야."

프란신이 고개를 끄덕이며 말했다.

"우리 중에 뭔가 대단한 걸 할 줄 아는 사람이 있을지도 몰라. 누구 없어? 불꽃 돌리기나 외발자전거 타기 같은 거? 폴슨 선생님 연극부 교실에 외발자전거 있더라. 그걸 타고 무대를 한 바퀴 돈다든가."

테이블에 앉은 아이들이 모두 천천히 고개를 저었다. 이렇다 할 재주를 가진 아이는 아무도 없는 듯했다. 그런데 그때…….

"프란신이랑 캔자스가 해야지."

브랜던이었다. 프란신은 브랜던 쪽을 획 돌아보았다. 이제는 너무나도 익숙해진 그 짓궂은 표정을 짓고 있었다.

"뭐라고?" 프란신이 외쳤다.

"엥?" 캔자스가 헛기침을 했다.

방송부원 모두가 쳐다보는 가운데 브랜던이 말했다.

"이건 완벽한 기회야. 왜냐, 지금 너희 둘이 동점이잖아. 8 대 8. 캔자스가 마지막 임무에 실패해서 말이야."

캔자스가 스웨터의 목 안쪽에 대고 뭐라고 툴툴거렸지만, 브랜던은 아랑곳하지 않고 말을 이었다.

"우리는 마지막으로 한 번 더 담력 대결을 해야 해. 단판 승부 같은 거지. 즉, 누가 됐든 장기자랑 대회에서 우승하는 사람이 이 대결의 승자가 되어 뉴스 앵커가 되는 걸로. 어때?"

테이블에 앉아 있던 방송부원 모두가 고개를 끄덕였다.

"괜찮은 것 같네."

알리시아가 말했다.

"좋은 아이디어야, 브랜던."

엠마가 말했다.

"굉장한 아이디어야."

안드레가 덧붙였다.

"그럼 정식으로 정하자. 모두 찬성하는 거야?"

루이스가 물었다. 캔자스와 프란신을 제외한 모두가 손을 들었다. 정식으로 그 임무가 내려진 것이다.

집에 오는 길에 프란신은 아빠를 설득해서 엄마 집에 들러 삼손을 데려왔다. 금요일에 열리는 장기자랑 대회에서 우승할 수 있는 유일한 방법, 그게 삼손이었다. 커다랗고 촉촉한 갈색 눈을 가진 이 귀여운 털북숭이 녀석에게 표를 던지지 않을 심판은 없을 것이다. 게다가 벽을 뛰어넘고 미로에서 길을 찾는 대단한 묘기를 부린다면 1등은 따 놓은 당상이었다. 딱 하나 문제가 있다면…… 자기가 해야 할 일을 삼손이 아직 모른다는 것이었다.

"아휴, 제발! 삼손!"

삼손이 미로 터널에서 네 번째 길을 잃자 프란신은 더는 참지 못하고 소리를 질렀다. 거기 들어간 지 벌써 5분이 지났건만, 삼손은 몸을 긁어 대고 킁킁거리는 등 다른 쪽으로 나오는 일만 빼고 다 하면서 시간을 보내고 있었다.

"이런 식으로는 절대 우승 못 한다고."

삼손이 매번 틀림없이 해내는 유일한 재주는 기니피그 간식이 있는 곳을 일직선으로 찾아가는 것이었다. 하지만 그런 재주를 보고 200달러를 줄 심판은 이 세상에 없을 것이다.

프란신은 미로 안으로 손을 집어넣어 삼손을 꺼냈다. 삼손이 따뜻한 몸을 프란신의 손바닥에 착 기댔다. 프란신의 손가락 사이로 복슬복슬한 털이 삐져나온 그 모습은 너무도 귀여웠지만 프란신은 아직 삼손에게 화가 풀리지 않았다.

"떨려서 그럴 수도 있어."

아빠가 삼손 편을 들었다. 아빠는 소파에 앉아 스케치북에 그림을 그리고 있었다. 차를 타고 오면서 잠깐 들춰 봤더니 아빠는 또 새로운 장치를 고안하고 있었다. 이번엔 30단계를 거쳐 끝에 가서 우유 팩을 기울여 잔에 우유를 따르는 장치였다.

"장기자랑에 나가는 게 저 꼬맹이에겐 엄청난 스트레스일걸. 무대 공포증이 있는지도 모르고. 왜, 스포트라이트 받는 걸 못 견디는 사람도 있잖아."

아빠는 자기가 한 말이 재미있다는 듯이 프란신을 보고 씩 웃었다. 프란신은 웃지 않았다. 아빠에게도 아직 화가 풀리지 않왔기 때문이다.

저녁을 먹은 다음, 아니 또 칼리노 피자집의 배달 피자로 저녁을 때운 다음, 프란신은 길 건너편에 있는 캔자스의 집에 가 보았다. 가장 큰 이유는 지니가 어떤지 알아보기 위한 것이었지만, 캔자스가 장기자랑에서 뭘 할지 알아보려는 이유도 있었다.

초인종을 누르자 어떤 여자가 나왔다. 캔자스의 엄마인 듯했다.

"아, 안녕하세요? 저는 프란신이라고 하는데요. 혹시……."

프란신이 말을 마치기도 전에 캔자스의 엄마가 프란신을 꼭 껴안았다. 마침내 껴안은 팔을 풀고 아줌마가 말했다.

"고맙다, 프란신. 정말 고마워. 병원에서 널 만나지 못해서 얼마나 섭섭했는지 몰라. 정말 만나고 싶었거든. 우리 애들에게 잘해 줘서 정말 고마워. 지니와 캔자스 둘 모두에게."

"아, 네. 무슨 말씀을요. 저는……."

캔자스의 엄마는 또다시 프란신을 꼭 껴안았다.

어마어마하게 오랫동안 프란신을 껴안고 있던 아줌마가 마침내 프란신을 집 안으로 데리고 들어갔다. 낡은 코르덴 커버를 씌운 소파와 장식이 잔뜩 달린 작은 크리스마스트리가 있는 거실로 들어가며 아줌마가 말했다.

"지금 지니는 쉬고 있긴 한데 네가 왔다고 하면 정말 좋아할 거야."

프란신을 보자마자 지니가 "프라니!" 하고 소리쳤다. 침대에 누워 담요를 덮고 있었지만 전날보다 훨씬 밝은 얼굴이었다. 지니는 가위를 들고 뭔가를 자르고 있었고 침대 위에 초록색 판지 조각이 널려 있었다. 프란신은 방을 건너가서 가위에 찔리지 않도록 조심하며 지니와 포옹했다.

"이제 머리 색깔이 옅어지기 시작하는 것 같다."

지니가 프란신을 꽉 껴안으며 말했다.

"진짜?"

프란신은 얼굴에 붙은 머리카락을 떼 내 자세히 들여다보았다.

"음, 그런 것 같기도 하네."

"다시 물들일 거야? 난 그 초록색 머리 정말 마음에 들어."

프란신이 웃음을 터뜨렸다.

문간에서 캔자스의 엄마가 말했다.

"이야기하렴. 하지만 15분만이야. 지니가 무리하면 안 되거든."

"아휴, 엄마."

"지니, 날뛰지 마라. 차분하게. 알겠어?"

"엄마아!"

아줌마가 문을 닫았다. 프란신은 방을 둘러보았다. 구석엔 아직 열지 않은 상자 몇 개가 쌓여 있고, 벽에는 포스터가 잔뜩 붙어 있었다. 방 저쪽 벽에 침대가 또 있고, 방바닥 한가운데에 붙인 두꺼운 테이프 선이 방을 둘로 나누고 있었다.

"캔자스랑 한 방을 쓰는 거야?"

"응. 전에는 가운데에 상자 벽이 있었는데, 오빠가 없애 버렸어. 그래서 그냥 테이프로 표시해 뒀어. 오빠는 나랑 한 방에서 사는 거 진짜 좋아해. 우리는 진짜 친하거든."

"오빠는 집에 없나 봐?"

"응. 옆집에 가서 장기자랑 연습하고 있어."

"그래?" 하며 프란신은 지니의 종잇조각들을 구기지 않게 조심하면서 침대 끝에 걸터앉았다.

"음, 넌 캔자스가 뭐 할지 알아?"

"외발자전거를 탈 거래. 선생님에게 빌렸다면서. 대단하지?"

지니가 초록색 종이에 가위를 대며 말했다.

프란신은 얼굴을 찌푸렸다. 직선으로 걷는 재주밖에 없는 기니피그보다는 외발자전거 타기가 훨씬 그럴듯했다.

"응, 대단하다."

"언니, 나 크리스마스트리 만드는 것 좀 도와줄래? 천장에 닿을 만큼 크게 만들고 싶은데 내가 가위질을 잘 못해."

지니가 프란신에게 초록색 판지를 건넸다.

프란신은 종이에 가위까지 받아 들며 말했다.

"그래, 도와줄게."

프란신이 가위질을 하는 동안 지니는 이래라저래라 하기도 하고, 크리스마스트리며 장식이며 산타에게 부탁할 온갖 선물에 대해 떠들었다. 프란신은 계속 귀를 기울였지만 동시에 다른 생각도 좀 했다.

프란신은 캔자스가 외발자전거를 타는 장면을 생각했다. 혹시 캔자스가 장기자랑에서 우승이라도 하면 프란신이 그토록 열심히 노력했던 것(뉴스 앵커가 되기 위한 모든 노력, 그리고 담력 대결에서 캔자스를 이기기 위해 했던 모든 노력)도 모두 물거품이 되리라는 생각이 들었다. 그런데 문득 이런 생각도 들었다. 결국 그렇게 된다 해도 자기가 생각했던 것만큼 끔찍한 일은 아닐지도 모른다는 생각.

물론 담력 대결에서 캔자스가 이기길 바라는 건 절대 아니었다. 또한, 뉴스 앵커 자리를 놓치고 싶지도 않았다. 하지만 캔자스가 장기자랑에서 우승하면 방송부를 구할 수는 있었다. 어쩌면 방송부를 구하는 게 캔자스 블룸을 이기는 것보다 중요한지도 몰랐다. 다시 카메라 뒤에 설 수만 있다면 무지 행복할 텐데. 그 카메라로 캔자스를 찍어야 한다고 해도.

지니 엄마가 들어와서 집에 가야 할 시간이라고 알려 주었다.

프란신은 지니와 포옹을 한 뒤 현관문을 나섰다. 바로 그 순간, 이웃집에서 엄청난 소음이 들려왔다.

끼이이이이이이이이이이이이익! 쿵!

울타리 너머로 머리를 내밀고 이웃집 차고 앞을 살피다가 프란신은 캔자스를 발견했다. 그 애는 얼굴을 땅에 처박고 다리는 부자연스러운 각도로 꺾인 채 외발자전거 밑에 깔려 있었다.

“너 괜찮아?”

프란신이 이웃집으로 달려가며 물었다. 캔자스는 프란신이 오기 전에 일어나 청바지 무릎에 묻은 흙을 툭툭 털며 툴툴거렸다.

"괜찮아. 새 기술을 시도해 본 거야."
캔자스가 안장을 잡고 외발자전거를 세우며 말했다.
"내 장기 정말 대단하거든. 어쩌냐, 결국 내가 이길 텐데."
캔자스가 자기 눈길을 피하는 걸 보고 프란신은 그게 거짓말이라는 걸 알았다. 캔자스의 장기도 자기 것만큼이나 형편없는 게 분명했다.
"그거 다행이다. 내 장기도 진짜 대단하거든."
"다행이네. 이번 장기자랑 대회는 볼만하겠어."
"그래. 아마도……."
프란신은 발로 땅을 문질렀다. 이렇게 허무하게 방송부가 사라지게 되다니 믿을 수가 없었다.
"그럼, 난 가 봐야겠다."
프란신은 애매한 손짓으로 길 건너편을 가리켰다.
"지니가 괜찮은지 보러 온 거거든. 지니는, 음, 괜찮아진 것 같더라. 크리스마스트리를 만들길래 좀 도와줬어."
캔자스가 고개를 절레절레 저었다.
"걔, 아직도 만들고 있던?"
"응. 벽에 종이 트리를 붙이고 풀로 장식을 붙일 거라던데. 그래 봤자 다 떨어질 거라고 얘기는 했는데……."
"내 말이!"
캔자스가 외쳤다. 순간 두 사람의 눈이 마주쳤지만 캔자스는 바로 시선을 땅에 박았다.

"이미 트리가 있다고 했는데도 지니는 엄마가 올해 산 트리가 너무 작대. 대체 크리스마스트리를 두 개나 세우는 집이 어디 있냐?"

캔자스가 코웃음을 쳤다. 프란신이 웃음을 터뜨렸다.

"우리 집도 두 개인걸."

"정말?"

"응. 엄마 집에 하나, 아빠 집에 하나. 엄마 아빠가 이혼할 거라서……."

프란신은 입을 다물었다. 가슴이 철렁했다. 자기도 모르게 말이 튀어나왔다. 그 말을, 엄마 아빠가 이혼한다는 말을 소리 내어 해 버린 것이다. 프란신은 그 단어가 어떤 느낌인지 들어 보려고 다시 한번 말했다.

"우리 엄마 아빠가 이혼한대."

캔자스는 자기 발에서 눈을 떼지 않은 채 말했다.

"음, 사실은, 알고 있었어."

"네가? 어떻게?"

"교무실에서 너에게 온 쪽지를 우연히 읽었어. 왜, 네가 메신저로 말 걸었던 날. 그때 얘기하려고 했는데……."

"그게 무슨 말이야? 난 너에게 메신저로 말 건 적 없어. 우리 집에선 메신저 같은 거 아예 못 써."

캔자스 얘가 외발자전거에서 너무 많이 넘어져서 머리가 이상해졌나 싶었다.

"무슨 소리야? 네가 나에게 지니 발레복 입고 오라는 임무를 내놨잖아. 그때 너 진짜 심했어. 그래서 내가 너한테 머리를 염색하라고 임무를 낸 거잖아."

캔자스가 정말 머리를 다친 모양이었다.

"난 너에게 그런 임무를 낸 적 없어. 절대로."

캔자스는 입을 벌린 채 얼어붙었다. 억지로 입을 닫아 보았지만 다시 천천히 벌어졌다.

"정말이야?"

"정말이야."

"맹세해?"

프란신은 고개를 끄덕였고, 캔자스는 고개를 갸우뚱했다.

"그럼 그건 대체 누구였지?"

프란신이 어깨를 으쓱했다.

"나야 모르지."

"프란신!" 하고 길 건너편에서 누군가가 불렀다. 아빠였다. 아파트 앞 주차장에 서 있는 아빠가 보였다.

프란신이 손을 나팔처럼 모으고 외쳤다.

"네? 왜요?"

"집에 들어가야지, 콩깍지! 날이 어둡잖니."

그제야 프란신은 날이 저물고 있다는 걸, 아니 벌써 저물었다는 걸 알았다. 사방이 어두컴컴했다. 하늘에 별도 몇 개 떠 있었다. 프란신이 소리쳤다.

"10초만요!"

아빠가 고개를 끄덕이고 다시 아파트 계단에 올라섰다.

프란신은 다시 캔자스를 향했다. 용기가 없어지기 전에 꼭 해야 할 말을 해야 했다.

"있지, 네가 장기자랑에 나가서 할 장기가 무척 멋진 건 아는데 말이야……."

캔자스는 프란신의 눈길을 외면한 채 외발자전거를 천천히 앞뒤로 굴렸다.

"음, 방송부를 구하려면 우리 둘 중 한 사람은 우승을 해야 하잖아? 그래서 말인데……."

프란신은 숨을 깊게 들이마셨다.

"우리, 힘을 합치지 않을래?"

캔자스가 외발자전거를 멈추었다.

"나랑 힘을 합치겠다고? 왜?"

"방송부를 구하기 위해서야. 방금 말했잖아."

"이거 무슨 함정 아니야?"

"아니야, 이건……."

"프란신! 이 말썽쟁이 콩깍지야!"

아빠가 이번에는 창문 밖으로 머리를 내밀고 외쳤다.

"간다니까요!"

프란신은 다시 캔자스를 보며 말했다.

"관둬. 그냥 혼자 할래."

어쩌면 남은 시간 동안 삼손을 훈련시키면 될지도 몰랐다.

"난 네가 방송부를 걱정하는 줄 알았는데, 잘못 생각했나 봐."

"걱정하고 있어."

캔자스가 말했다. 프란신이 눈을 굴렸다.

"넌 첫날부터 방송부 싫어했잖아. 원래 들어올 생각도 없었고."

캔자스는 엄지손가락으로 외발자전거의 안장을 눌렀다.

"모두가 너처럼 방송부의 스타가 될 수 있는 게 아니거든, 프란신."

프란신이 눈썹을 치올렸다. 그게 대체 무슨 말이람? 프란신은 방송부의 스타가 아니었다. 스타가 있다면 그건 알리시아였다. 뉴스 앵커는 알리시아니까.

"나도 방송부를 구하고 싶어. 하지만 내가 뭘 할 수 있겠어? 이 바보 같은 외발자전거 하나도 못 타는데. 그냥 무대에 올라가서 컵에 우유 따르는 묘기나 해 볼까? 그런 걸로 어떻게 200달러를 타?"

프란신이 눈을 깜빡였다.

"왜? 왜 그런 눈으로 쳐다보는데? 내 이 사이에 뭐 꼈냐?"

갑자기 프란신은 마음이 수백만 배 가벼워졌다. 모든 걱정거리가 날아가 버린 듯했다.

"바로 그거야!"

프란신 얼굴에 함박웃음이 떠올랐다.

"우리가 장기자랑에 나가서 할 묘기가 생각났어."

26.

망치

무뇨즈 아저씨에겐 없는 공구가 없었다. 드릴, 전기톱, 그라인더 등등. 그중에서도 캔자스는 망치가 제일 마음에 들었다. 나무에 못을 박다 보면 마음이 차분해졌다. 여러 번 두드린 끝에 못이 나무에 들어가기 시작하는 그 느낌이 좋았다.

"잘하고 있어, 캔자스."

아저씨가 음료수 캔 두 개를 들고 차고로 돌아오며 말했다.

"콜라, 아니면 닥터 페퍼?"

캔자스 엄마는 밤에는 카페인이 든 음료를 못 마시게 했다.

"닥터 페퍼요. 고맙습니다."

캔자스가 망치를 내려놓으며 말했다. 아저씨가 휙 던진 캔을 받아 들고 손톱으로 윗부분을 몇 번 두드린 다음 따개를 열었다. 쉬익, 만족스러운 소리가 났다.

캔자스는 길게 음료수를 들이켰다.

"그건 왜 하는 거니? 따기 전에 손톱으로 두드리는 거 말이다."

캔자스가 캔을 옆에 있는 작업대에 올려놓자 아저씨가 물었다. 캔자스는 플라스틱 보호안경을 고쳐 썼다.

"그렇게 하면 안에 든 음료수가 안정된대요."

캔자스는 다시 망치를 들고 커다란 판자에 아저씨가 표시해 둔 곳에 정확히 못을 갖다 댔다.

"탄산인가 그거요. 그러면 뚜껑을 딸 때 팍 터지지 않는대요."

이제 생각해 보니 그게 사실인지 의심스러웠다. 그저 윌이 늘 그렇게 했고, 캔자스도 똑같이 했던 것이다. 언제부터 그랬는지 기억나지 않을 정도로 오랫동안 그렇게 해 왔다.

"그래?"

아저씨가 콜라 캔 윗부분을 톡톡 친 다음 따개를 열었다. 거품이 나오지 않았다.

"정말 그런가 싶네?"

캔자스와 프란신은 그 주 매일 오후 무뇨즈 아저씨의 작업실에 갔다. 장기자랑 준비 때문이었다. 할 일이 무척 많았고, 아저씨의 도움 없이는 절대 해낼 수 없는 일이기도 했다. 사실 캔자스는 자기들이 지금까지 이만큼 해냈다는 것도 믿어지지 않았다. 사흘 내내 저녁 늦게까지 치수를 재고, 톱질을 하고, 못을 박았다. 그리고 어찌어찌해서 이제 곧 완성을 눈앞에 두고 있었다. 오늘은 프란신이 엄마 집에서 자는 날이라 마무리는 캔자스가 맡았다.

"그러니까 이게, 내일 장기자랑에서 우승을 하면 올해 내내 둘이 같이 아침 방송 앵커를 한다는 거냐?"

아저씨가 캔자스 것과 똑같은 보호안경을 쓰며 물었다. 아저씨도 망치를 들었다.

"일단 그렇죠. 우리가 같이 우승하면 동점이 되거든요. 9 대 9로요. 하지만……."

캔자스는 지난 며칠간 혼자서 생각한 바가 있었다. 아저씨에겐 그냥 말해도 괜찮을 것 같았다.

"우리가 이기면 그냥 프란신 혼자 하라고 할 생각이에요."

"왜, 넌 뉴스 앵커를 하고 싶지 않아?"

캔자스는 어깨를 으쓱했다. 처음에는 하고 싶지 않았었다. 전혀. 그런데 지난 금요일에 카메라 앞에 앉아 보니 꽤 재미있었다. 뜨거운 조명을 받으면서 모두가 집중하는 순간의 느낌이 예상보다 훨씬 재미났다. 물론 사방에 토하고 정학 처분을 받기 전까지만 말이다. 하지만 프란신 그 애는 오래전부터, 너무나 절실하게 그 일을 하고 싶어 했다. 둘이서 할 장기자랑도 프란신이 떠올린 아이디어였다. 방송부에서 가장 열심히 하는 사람도 프란신이었다. 캔자스는 아무리 생각해도 자기보다는 프란신이 조금 더 앵커가 될 자격이 있다고 느꼈다.

"그래. 뭐가 어쨌든 난 내일 맨 앞 맨 가운데 자리에서 지켜볼 거야. 집사람이랑 벌써 표를 사 두었단다."

캔자스는 보호안경 속에서 눈을 가늘게 뜨고 아저씨를 봤다.

"장기자랑에 오시게요?"

"당연하지! 내가 이렇게 흥미진진한 대회를 놓칠 것 같으냐?"

"아, 네."

캔자스는 자기 앞에 놓인 나뭇조각에 집중하느라 아저씨가 망치를 내려놓은 것도 몰랐다.

"엇? 제가 어디를 잘못 두드렸나요? 왜 그러세요?"

아저씨가 신기하다는 듯 캔자스를 바라보고 있었다.

"아니, 그런 게 아니고, 나는…… 네가 나 때문에 기분이 상했나 싶었다. 너에게 묻지도 않고 장기자랑 대회를 보러 간다고 해서 말이다. 하지만 캔자스 너만 괜찮으면 꼭 보고 싶구나."

캔자스는 음료수를 집어 들고 길게 들이켰다. 한 번 더 마셨다.

"그렇게 보고 싶으면 오셔도 돼요."

이 나라는 자유 국가 아닌가?

캔자스는 음료수 캔을 다시 작업대에 내려놓았다.

"혹시 무슨 일이 생겨서 못 오셔도 섭섭해하지 않을게요."

무뇨즈 씨는 캔자스가 자기를 쳐다볼 때까지 기다렸다. 그리고 캔자스와 시선이 마주치자 이렇게 말했다.

"세상이 뒤집어져도 꼭 가마. 약속하마."

캔자스는 약속이라는 것이 이쑤시개보다도 부서지기 쉽다는 걸 잘 알고 있었지만, 어쩐지 이번만큼은 믿을 수 있었다. 캔자스는 다시 못을 집어 들고 망치질을 시작했다.

27.
플라스틱 숟가락

장기자랑 대회가 시작하려면 아직 세 시간이나 남았지만, 프란신은 서성거리는 걸 그만둘 수가 없었다. 프란신은 거실 텔레비전 앞에 깔린 깔개 위를 왔다 갔다 했다. 우리 둘이 성공하지 못하면 어떡하지? 방송부가 없어지면 뭘 하고 살아야 할까?

프란신은 이번엔 소파 앞에서 서성거렸다. 만약 우리 두 사람이 성공하면? 그러면 누가 뉴스 앵커가 되는 걸까? 어쩌면 프란신 혼자 하게 해 달라고 캔자스를 설득할 수 있을지도 모른다. 장기자랑 아이디어를 낸 사람은 바로 자신이니까. 프란신이 주방으로 가서 좀 더 서성거리려던 순간, 전화가 울렸다. 프란신은 조리대 위에 놓인 전화기를 낚아챘다.

"여보세요?"

"우리 콩깍지! 내가 찾아 헤매던 아가씨가 여기 있네!"

"아빠? 무슨 일이에요? 오늘 오는 거 알죠?"

"당연하지. 그게 아니라, 방금 크리스마스 아이디어가 떠올랐거든. 그래서 우리 딸과 잠깐 상의할까 해서."

"뭔데요?"

프란신은 조리대에 놓인 그릇에서 레몬 하나를 집어 들었다.

"아이디어라기보다 영감이 떠오른 거지. 우리가 함께할 크리스마스 만찬에 대해 아빠가 생각을 해 봤지. 난 네 엄마와 달리 칠면조 요리엔 소질이 없거든. 그래서 말인데, 피자 어때?"

"피자요?"

프란신은 조리대 위로 레몬을 굴렸다. 칼리노에서 사 먹는 피자는 크리스마스 만찬과는 거리가 멀어도 너무 멀었다.

"그래. 아빠 학교에서 만난 줄스 씨 기억하지? 그 아저씨 집에는 피자 굽는 화덕도 있고, 반죽이든 뭐든 다 직접 만들 수 있대. 그 아저씨가 아빠에게 몇 가지 가르쳐 주기로 했어. 나도 요리법을 찾아보는 중이고. 원하는 대로 뭐든 만들 수 있어. 소스며 치즈며 다. 아니면 그냥 페퍼로니만 올려도 되고."

"잠깐, 아빠가 직접 피자를 만든다고요?"

프란신은 레몬을 도로 그릇에 집어넣었다.

"하지만 아빠는 물도 태우는 사람인데."

아빠가 웃음을 터뜨렸다.

"피자를 세 판 만들면 되지. 앞의 두 판은 태워 먹어도 되게."

프란신은 피식 웃었다.

"텔레비전에 나오는 사람들처럼 반죽을 던져서 받는 것도 할 수 있어요?"

"그럼 아홉 개 만들자. 일곱 개쯤은 떨어뜨려도 되게. 어때? 올해부터는 우리 둘만의 특별한 크리스마스 전통을 만드는 거야."

프란신은 생각에 잠겼다. 이번 크리스마스는 지금까지와는 전혀 다른 크리스마스가 될 게 분명했다. 그런데 어쩌면 그렇게 나쁘지만은 않을 것 같았다.

"좋아요. 그렇게 해요."

"좋아. 그럼 이따 보자, 콩깍지."

"응, 아빠!"

프란신이 전화를 끊었을 때 엄마가 빈 찻잔을 들고 들어왔다.

"여기 있었네, 우리 딸. 오늘 대회 준비는 끝났고?"

엄마가 프란신에게 안부를 물었다.

프란신은 아무 대답 없이 엄마가 싱크대에서 찻잔을 씻는 모습을 지켜봤다. 그리고 깨달았다. 자기는 지금까지 내내 엄마 아빠를 다시 합치게 할 방법을 찾고 있었음을. 또한, 지금까지 내내 자기가 똑똑하지 못해서 그 방법을 찾아내지 못한 거라고 생각했음을. 하지만 지니가 시리얼 바를 먹고 아팠을 때, 프란신은 자기가 해야 할 일이 무엇인지 이미 알고 있었다. 두 번 생각할 필요도 없이 확실하게.

엄마 아빠를 원래대로 돌려놓을 방법은 애초에 존재하지 않는지도 몰랐다. 프란신이 무슨 짓을 하든 엄마 아빠는 결국 이혼하게 돼 있었다. 프란신은 식기세척기를 여는 엄마를 불렀다.

"엄마?"

"응?"

"올해 크리스마스에 집집마다 돌아다니면서 캐럴 불러 주는 거 하면 안 돼? 크리스마스이브에. 그러면……."

엄마는 찻잔을 세척기 맨 위 칸에 놓은 뒤 몸을 돌려 프란신을 바라봤다. 프란신은 깊이 숨을 들이마셨다.

"맨날 하자고 해 놓고 한 번도 안 했잖아. 올해는 엄마랑 교회에 가서 노래하는 것도 못 하니까……."

엄마가 천천히 주방을 가로질러 다가와 프란신을 감싸 안았다.

"되고말고. 정말 멋진 아이디어인걸."

프란신은 엄마의 스웨터에 얼굴을 파묻었다. 라벤더 비누 향기가 났다. 엄마는 프란신의 얼굴을 위로 올린 다음 두 손으로 턱을 잡고 찬찬히 들여다보았다.

"그거 알아? 우리 딸이 아름다운 숙녀로 아주 잘 자라 주고 있다는 거."

"엄마."

"머리가 초록색인데도 말이지."

프란신은 웃음을 터뜨렸다. 엄마가 이마에 입을 맞추며 물었다.

"이따 뭐 필요한 건 없고?"

"없어. 완벽하게 준비됐어. 캔자스랑 무뇨즈 씨가 아저씨 트럭에 싣고 오기로 했어. 한 시간 전에 만나서 같이 설치하면 돼."

"그렇구나. 그럼 나탈리 오라고 할래? 몇 시간 놀다가 다 같이 학교에 가면 되잖아."

프란신은 어깨를 으쓱했다. 싫다는 몸짓이었는데 엄마는 몸짓 신호를 잘 모르는 것 같았다. 엄마가 전화기를 건넸다.

"서성거리지만 말고 어서. 나탈리를 몇 주나 못 봤네. 엄마도 얼굴 보고 싶다."

프란신은 전화기를 한참 보다가 천천히 조리대 위에 놓았다.

"프란신?"

"이제 삼손을 준비시켜야겠어."

프란신은 주방을 나가며 말했다. 그러고는 계단을 한 번에 두 칸씩 올라갔다.

캔자스는 지각이었다.

프란신이 학교 강당 무대 뒤 소품 탁자에 앉아 15분을 기다렸지만 아직 감감무소식이었다. 프란신은 씩씩거리면서 '이래서 캔자스지.' 하고 생각했다. 잠깐 믿어 줬더니 바로 지각이나 하고. 까만색 옷을 입은 고등학생 자원봉사자 한둘이 무전기에 대고 소리치며 돌아다니는 걸 빼면 무대 뒤는 텅 비어 있었다. 프란신은 벽에 걸린 시계를 봤다. 대회가 정식으로 시작하기까지 44분 남았다. 배 속에서 나비가 날아다니는 느낌이 들기 시작했다. 캔자스랑 공동 앵커를 했을 때와 똑같은 느낌이었다. 프란신은 탁자 밑으로 다리를 구르면서 배 속의 긴장된 느낌을 없애 보려고 했다. 이렇게 매번 무대 공포증을 겪으면 어떻게 텔레비전 동물 조련사로 일할 수 있단 말인가. 바로 옆 우리에선 삼손이 끙끙거렸다.

"내가 도울 일은 없니?"

프란신이 고개를 들었다. 나탈리가 한쪽 팔에 배낭을 걸치고 서 있었다.

"여긴 웬일이야?"

프란신은 마음과 달리 이렇게 말해 버렸다.

나탈리가 어깨를 으쓱했다.

"알리시아랑 로비에서 음료수 나르는 일에 자원했거든. 거기서 너희 엄마를 만났는데 나더러 가 보라고 하시더라."

나탈리는 아무것도 도울 게 없다는 걸 처음 알았다는 듯이 주변을 둘러보았다. 프란신이 설명했다.

"아직 안 왔어."

"아, 그래. 음, 그럼 난 다시 음료수 나르러 갈게."

나탈리가 어깨에 멘 배낭을 추켜들었다.

"그래. 아니, 괜찮으면……."

프란신은 검지를 우리에 집어넣고 삼손의 털을 쓰다듬었다.

"나랑 같이 기다려도 좋아. 네가 괜찮으면 말이야."

나탈리는 흘낏 뒤를 돌아보고 잠깐 망설였다.

"좋아."

나탈리는 탁자에 배낭을 올려놓고 삼손 우리 맞은편에 앉았다.

"장기자랑에서 뭐 할 거야? 삼손에게 새로운 묘기라도 가르친 거야?"

프란신은 눈을 가늘게 뜨고 나탈리를 바라봤다. 그동안 한 번이라도 프란신과 이야기를 나누려고 했다면 지금쯤은 프란신이 뭘 할지 알고도 남았을 것이다.

"비밀이야."

"아."

둘은 아무 말 없이 앉아 있었다.

프란신은 벽시계를 다시 봤다. 대회 시작까지 42분.

프란신이 갑자기 말했다.

"나탈리."

"응?"

나탈리는 삼손 우리 위로 몸을 기울인 채 철장 사이로 삼손을 쓰다듬고 있었다.

"그게 말이야……."

추수감사절로부터 3주가 지났다. 그동안 나탈리는 "프란신, 너 좀 우울해 보인다. 무슨 일 있니?" 같은 질문은 한 번도 하지 않았다. 최근 들어 프란신이 기분이 좋지 않다는 걸 나탈리는 눈치채지 못했을까? 둘은 유아원에 다니던 아기 때부터 제일 친한 친구였다. 누구하고 그렇게 오래 친구로 지냈으면 친구의 마음을, 친구가 무슨 생각을 하고 있는지를 조금은 읽을 줄 알아야 하는 것 아닐까? 어쩌면 나탈리는 아예 알고 싶지 않은 건지도 몰랐다.

"아무것도 아니야. 미안하지만 지금은 네가 도와줄 게 없어. 원한다면 음료수 나르는 데로 가도 돼."

프란신은 고개를 저으며 말했다.

삼손의 우리를 들여다보던 나탈리가 얼굴을 들었다.

"실은 나, 음료수 나르려고 온 거 아니야."

"아니야?"

"음, 알리시아는 하기로 했지만 난 그냥 같이 왔어. 너에게 이걸 주고 싶어서."

프란신은 나탈리가 배낭의 지퍼를 열고 무언가를 꺼내는 모습을 지켜봤다. 초콜릿 푸딩이었다.

"네가 먹고 싶어 할 거 같아서. 행운을 빌게."

나탈리는 자기 몫도 가져왔다.

"참, 이것도."

나탈리가 다시 배낭을 뒤지더니 플라스틱 숟가락을 건넸다. 그 순간 프란신은 제일 친한 친구는 상대방의 마음을 읽는 친구가 아니라 플라스틱 숟가락을 기억하는 친구라는 걸 깨달았다.

"고마워."

프란신이 작은 목소리로 말했다. 그리고 푸딩 컵의 뚜껑을 벗겨 안쪽을 핥았다.

"나탈리?"

나탈리가 푸딩 컵의 뚜껑을 벗기며 대답했다.

"왜?"

"너에게 할 말이 있어."

그렇게 해서 프란신은 나탈리에게 엄마 아빠의 이혼 이야기를 털어놓았다. 아빠의 새 아파트, 두 집에 하나씩 있는 가구, 두 번 지내야 하는 크리스마스 등등에 대해. 나탈리는 앉은 채로 귀를 기울였다. 가끔은 "와아, 그건 너무했다!" 하기도 하고 가끔은 그냥 고개를 끄덕였다. 가끔은 푸딩을 더 먹겠느냐고 묻기도 했다.

프란신이 이야기를 마쳤을 때 두 사람의 푸딩 컵은 깨끗이 비어 있었다.

"왜 지금까지 말 안 했니?"

프란신은 그냥 어깨를 으쓱했다.

"그래도 이젠 다 괜찮을 거야. 네가 너희 아빠 집에 트리 장식하는 거 도와줄까? 너만 좋다면 말이야."

"정말?"

"그럼. 난 너랑 제일 친한 친구잖아."

그 말에 프란신은 미소를 지었다. 하지만 아직도 마음 한구석에 찜찜한 게 하나 남아 있었다.

"너, 캔자스에게 투표했었지?"

"뭐?"

"뉴스 앵커 투표할 때, 걔랑 나랑 동점이었잖아. 네가 나 말고 캔자스에게 표를 던졌는지 궁금해서 말이야. 네가 걔 귀엽다고 그랬잖아. 그래서……."

"그럴 리가! 아무리 귀엽다고 해도 내가 너 말고 그 애를 뽑았겠어?"

프란신은 나탈리가 진심이라는 걸 알 수 있었다. 이건 유아원 때부터 함께한 제일 친한 친구에 대한 직감이었다.

"누가 캔자스에게 표를 던졌는지 모르겠어. 나를 뽑은 사람은 나, 너, 그리고 엠마 아니면 알리시아, 이렇게 셋일 텐데. 그럼 엠마나 알리시아 둘 중 한 사람이 캔자스를 뽑았겠지?"

"그렇겠다."

나탈리가 말했다. 하지만 프란신은 나탈리의 관심이 딴 데 가 있는 걸 눈치챘다. 나탈리는 무대 저쪽 끝을 바라보고 있었다.

"대체 저게 뭐야?"

나탈리가 물었다.

프란신은 나탈리의 시선을 따라가 보았다. 캔자스였다. 25분이나 늦은 캔자스가 무뇨즈 아저씨와 함께 바퀴가 달린 거대한 무언가를 밀며 들어오고 있었다.

커다란 갈색 방수포에 싸인 그 물건은 캔자스보다 세 배 정도 키가 크고, 두 배 정도 넓적했다. 프란신이 탁자에서 일어나 캔자스 쪽으로 뛰어가며 말했다.

"저게 바로 우리가 보여 줄 장기자랑이야."

28.

우유 한 팩

캔자스는 자기들 차례가 오면 땀을 억수로 흘릴 거라고 예상했다. 그런데 막상 닥치고 보니 의외로 덤덤했다.

반면, 프란신은 너무 긴장해서 정신을 못 차릴 정도였다.

“망치면 어떡하지?”

프란신이 말했다. 손이 사시나무처럼 떨려서 삼손 우리의 잠금장치조차 제대로 열지 못했다. 삼손은 어서 밖으로 나오고 싶은지 우리 안에서 연신 찍찍거렸다.

“대사를 잊어버리면 어떡하지? 웃음거리가 되면 어떡하지?”

캔자스와 프란신은 무대 옆에서 대기하며 칼 슈마허가 복화술 묘기를 부리는 모습을 지켜보았다. 캔자스는 칼의 연기가 꽤 재미있었지만 200달러를 탈 정도는 못 된다고 생각했다.

“우린 잘할 수 있어. 아직 우리 앞에 한 사람 더 있으니까 좀 진정해라.”

캔자스가 손을 뻗어 삼손의 우리를 대신 열어 주며 말했다. 프란신은 팔로 삼손을 안고 털을 쓰다듬으며 고개를 끄덕였다. 하지만 손의 떨림은 멈추지 않았다. 캔자스가 말했다.

"우린 잘할 수 있어."

캔자스는 복화술 공연을 보려고 무대 쪽으로 몸을 돌렸다.

"거북이가 왜 병원에 갔을까요?"

칼이 자기가 들고 있는 버디라는 이름의 인형에게 물었다.

"속이 거북해서!"

버디가 대답했다.

막이 내려오고 칼과 버디가 무대에서 퇴장했다.

"행운을 빌게. 저기 서면 정말 떨린다."

둘이 서 있는 곳을 지나가며 칼이 내뱉었다.

프란신의 손이 더 심하게 떨리기 시작했다.

장기자랑 대회 사회를 맡은 5학년의 바이올렛 몬트뱅크가 무대로 뛰어올라가 다음 참가자를 소개했다. 캔자스는 제자리에 선 채 몸을 앞뒤로 흔들었다. 바로 다음이 캔자스와 프란신 차례였다.

"다음 참가자는……."

바이올렛이 무대에서 큰 소리로 외쳤다. 스포트라이트를 받아 얼굴이 노래 보였다.

"4학년 브랜던 킹. 박수로 맞이해 주십시오. 브랜던 킹의 놀라운 마술쇼를 소개합니다!"

“엥?”

캔자스는 고개를 돌려 프란신을 쳐다봤다.

“그럴 리가…….”

프란신이 입을 열었다. 하지만 정말 그랬다. 브랜던 킹이 무대 반대편에서 걸어 올라왔던 것이다. 까만 망토와 높다란 마술사 모자를 쓰고 무대에 선 브랜던이 환호하는 관객에게 손을 흔들었다.

“엥?”

캔자스가 다시 말했다.

“감사합니다, 여러분! 제 조수를 소개할게요. 안드레!”

브랜던이 말했다.

“이게 뭐야?”

안드레가 무대에 올라오는 걸 보면서 캔자스가 말했다. 안드레도 관객에게 손을 흔들었다.

“말도 안 돼. 자기가 나갈 거면서 왜 우리에게 장기자랑에서 우승하라는 임무를 준 거지?”

브랜던과 안드레가 쇼를 시작하는 걸 보며 프란신이 속삭였다. 캔자스는 고개를 저었다. 도통 말이 되지 않았…… 아니, 갑자기 모든 게 말이 됐다!

“브랜던은 자기가 뉴스 앵커를 하고 싶었던 거야!”

캔자스가 프란신을 향해 외쳤다. 뒤에서 무대 감독님이 엄한 표정으로 조용히 하라고 손짓했다. 캔자스는 목소리를 낮추고 말을 이었다. 프란신도 캔자스 쪽으로 몸을 기울였다.

"그날 점심 때 브랜던이 그랬잖아. '누가 됐든 장기자랑 대회에서 우승하는 사람이 뉴스 앵커가 되는 걸로.'라고. 기억나?"

프란신이 고개를 끄덕였다.

"그때 다들 그러자고 했잖아? 저 녀석은 우리를 골리려고 한 거야. 우리가 대회에 나가면 창피 당할 거라고 생각한 거지. 자기는 멋진 마술쇼를 준비해서 우승하고 뉴스 앵커까지 되려고 한 거야."

프란신은 고개를 절레절레 저었다.

"줄곧 저 애였어. 저 녀석이 우리를 속였다고. 사실 너에게 그 속옷 임무를 내놓자고 한 것도 브랜던이었어. 재가 체육시간에 네 속옷을 훔쳤고."

캔자스는 눈을 가늘게 뜨고 프란신을 쳐다봤다.

"그 속옷은 내 게 아니야. 녀석이 자기 속옷에 내 이름을 쓴 걸 거야."

프란신이 이마를 쳤다.

"나에게 메신저로 말을 건 것도 브랜던 녀석이 틀림없어. 지니의 발레복을 입으라는 임무 말이야. 그동안 한 번도 이 생각을 못 했다니 믿을 수가 없다……."

프란신은 한숨을 푹 내쉬고 삼손을 꼭 껴안으며 말했다.

"이쯤에서 포기하는 게 낫겠어. 저 녀석은 오랫동안 연습했을 거 아니야. 우린 절대 못 이길 거야."

"그래."

캔자스도 동의했다. 가망이 없었다.

"얘들아?"

누군가 캔자스의 어깨를 톡 건드렸다. 무대 감독님이었다. 그가 무전기를 손으로 막고 말했다.

"저 마술쇼를 보고 하는 말이니?"

캔자스와 프란신은 고개를 저었다.

"저런 엉터리가 어디 있나그래. 다들 한번 보렴."

캔자스와 프란신은 마술쇼에 눈길을 주었다.

무대에서는 안드레가 브랜던의 마술사 모자를 뒤집어 들고 있었다. 브랜던이 모자를 향해 마술 지팡이를 흔들며 외쳤다.

"수리수리 마수리! 조수, 토끼를 꺼내 주세요."

안드레가 모자에서 토끼를 꺼낼 차례 같았는데 안드레는 그러지 않았다. 대신 모자를 기울이고 안을 들여다봤다.

"없는데요."

관객석 여기저기에서 킥킥거리는 소리가 났고 브랜던은 심기가 불편해진 듯했다.

"조수, 토끼요!"

브랜던이 다시 한번 명령했다.

"없다니까요. 아, 속임수용 엄지손가락은 있는데 이거라도 줄까요?"

안드레의 말에 관객이 박장대소했다.

마술쇼가 끝날 즈음, 캔자스는 이거야말로 자기가 이제까지 본 장기자랑 중 최악이라고 확신했다. 프란신도 좀 안심하는 기색이었다. 브랜던이 장기자랑에서 우승할 확률은 0에 가까웠다.

한편, 무대의 막이 내려오고 무대 감독님과 함께 소품을 무대에 올리면서 캔자스는 생각했다. 이제는 캔자스와 프란신이 방송부의 유일한 희망이었다.

"다음 참가자는……."

바이올렛 몬트뱅크가 무대막 저편에서 말했다. 막 뒤편에서 캔자스와 프란신은 장치에 마지막 손질을 하느라 바빴다. 모든 것이 딱딱 들어맞아야만 돌아갈 것이었다.

"프란신 할라타와 캔자스 블룸. 뜨거운 박수 부탁합니다!"

관객이 박수를 치고 막이 열렸다.

캔자스의 얼굴에 밝고 따뜻한 조명이 느껴졌다. 마음에 드는 느낌이었다. 캔자스가 관객석을 향해 말했다.

"안녕하세요."

모두가 들을 수 있게 목소리를 크고 또렷하게 냈다. 관객들의 얼굴을 분간하긴 어려웠지만, 제일 앞줄에 앉은 심판들은 잘 보였다. 교사 둘, 처음 보는 5학년 학생 둘, 그리고 와인모어 선생님, 이렇게 다섯 명이었다. 캔자스는 침을 꿀꺽 삼켰다.

"음, 그러니까, 여러분 모두 저희가 이 복잡한 물건으로 뭘 하려는 건지 궁금하실 겁니다."

캔자스는 뒤에 서 있는 커다란 장치를 가리키며 말을 이었다.

캔자스와 프란신, 그리고 무뇨즈 아저씨가 꼬박 일주일에 걸쳐 만든 물건이었다. 모르는 사람이 보면 온갖 잡동사니와 경사로, 도르래 따위를 바퀴 달린 나무 상자에 덕지덕지 박아 놓은 해괴한 덩어리로 보일 게 분명했다. 그러나 이 장치는 단순한 덩어리가 아니었다. 캔자스는 프란신이 대사를 말하도록 프란신 쪽을 봤다.

프란신은 동상처럼 얼어붙은 채 손만 바들바들 떨었다. 프란신은 조명만 노려보고 서서 입을 꾹 다물고 있었다.

"프란신?"

캔자스가 프란신의 소매를 당기며 속삭였다.

"이제 네 차례야."

마침내 프란신이 정신을 차렸다.

"그래요, 캔자스."

프란신은 연습한 대사를 그대로 말했다. 아직도 손을 좀 떨었지만, 캔자스는 프란신이 긴장한 티를 내지 않으려고 최선을 다하고 있다는 걸 알 수 있었다.

"우유 한 잔 마셨으면 좋겠는데요."

프란신은 손에 든 커다란 투명 플라스틱 컵을 관객들에게 보여 주었다.

"그런데 우유 팩이 저 높은 곳에 있어요."

프란신은 나무 장치의 꼭대기를 가리켜 보였다. 나무 선반에 우유 팩이 놓여 있었다.

“너무 높아서 손이 닿지 않네요. 저를 도와주실 수 있나요?”

“그럼요.”

캔자스는 관객을 향해 외쳤다.

“준비됐나요?”

관객들이 고개를 끄덕이며 중얼거렸다. 관객석에 엄마와 지니, 그리고 무뇨즈 아저씨와 아줌마가 앉아 있는 게 어렴풋이 보였지만 확실하진 않았다. 하지만 지니가 손을 흔들었고 캔자스는 응원단이 와 있다는 걸 확실히 알았다. 캔자스가 다시 외쳤다.

“준비됐나요?”

“네!”

관객들이 목소리를 합쳐 큰 소리로 대답했다.

캔자스는 주머니에서 물건 두 개를 꺼냈다. 남자아이용 팬티와 체리 모양 지우개가 달린 분홍색 연필이었다.

“자, 그럼, 프란신에게 우유를 따라 줍시다.”

캔자스는 연습한 대로 연필에 달린 지우개를 팬티 안쪽에 집어넣고 팬티를 새총처럼 당겨 연필을 나무 장치로 쏘아 올렸다.

농구 연습을 열심히 했던 게 큰 도움이 됐다. 캔자스의 겨냥은 정확했다. 연필은 고장 난 방송부 카메라를 딱 맞혔다.

나무 장치에 경첩으로 고정되어 있던 카메라는 연필에 맞더니 한쪽으로 기울며 그 자리에 있던 나뭇조각을 쳤다.

그 나뭇조각은 배 모양이었다. 유성펜으로 만든 돛대와 초점이 나간 사진으로 만든 돛까지 달려 있었다. 카메라가 와서 부딪치자 배가 자리에서 빠져나와 물을 가득 채운 플라스틱 물받이 통에 철퍼덕, 하고 빠졌다. 배가 물통 위를 둥둥 건너가더니 맞은편에 다다르자 돛이 두 번째 팬티에 부딪혔다. 이번 팬티는 나무 벽의 고리에 달려 있었다.

그러자 팬티 속에 들어 있던 구겨진 분홍색 종이가 50센티미터쯤 아래로 떨어져서 거기 앉아 있던 프란신의 기니피그 머리를 퉁, 하고 쳤다. 캔자스 귀에 프란신이 숨을 들이켜는 소리가 들렸다. 프란신은 삼손이 제 역할을 해낼 수 있을지 조마조마했다. 하지만 삼손은 연습 때처럼 완벽하게 해냈다. 구겨진 종이가 머리에 내려앉자마자 삼손은 작은 사다리를 기어올라 기니피그 간식이 들어 있는 그릇으로 가서 간식을 먹기 시작했다.

기니피그 과자 그릇 바로 옆에는 움직이는 선반이 있고 그 위에 캔자스의 농구공이 놓여 있었다. 삼손이 과자를 먹자 선반이 기울면서 농구공이 나선형 경사로에 떨어졌다. 공이 경사로를 따라 빙글빙글 내려가더니…… 초록색 염색약 병을 쳤다. 염색약 병은 반짝거리는 하얀 발레복을 낙하산처럼 매단 채 천천히 아래로 떨어지다가 세로로 서 있는 CD 케이스를 쳤다. 첫 번째 케이스가 다음 케이스를 치고, 그게 또 그다음 케이스를 치고 도미노처럼 전부 쓰러지면서 마지막 케이스가 골프공 세 개를 때렸다.

작은 통로를 따라 이쪽저쪽으로 질주하던 골프공들은 퐁당,

퐁당, 퐁당, 하며 일회용 케첩 봉지 더미에 빠졌다. 공들이 세게 떨어져 부딪히자 케첩 봉지 하나가 위로 날아올라 뚜껑이 열린 겨자병에 들어갔다.

겨자병에는 도르래가 달려 있었다. 케첩 봉지가 날아들자 도르래에 달린 겨자병이 아래로 내려갔고, 다른 쪽에 달려 있던 마시멜로 봉지가 올라갔다. 마시멜로 봉지는 파란색 회전의자의 다리 위에 올려져 있었는데, 봉지가 올라가서 무게가 가벼워지자 의자는 약간 경사진 길을 굴러 내려가서 스팍스 선생님의 물 마시는 새에 가서 부딪혔다.

오른쪽으로 5센티미터쯤 밀려간 물 마시는 새는 머리를 기울여 오래된 탁상용 선풍기의 '고속' 버튼을 눌렀다. 선풍기가 켜졌다. 선풍기 바람이 위로, 위로, 위로 불었다. 바람이 2미터, 2미터 반, 3미터 위까지 미치자 장치 맨 꼭대기 언저리에 설치된 선반 위에 펼쳐 놓은 프란신 아빠의 스케치북이 바람에 날리기 시작했다. 스케치북의 종이들이 잠시 펄럭거리다가 바람에 밀려 닫혔다. 그러자 스케치북 안쪽에 끼워 놓은 테니스공이 밀려 나왔다.

테니스공은 작은 경사로를 굴러 내려와 기니피그 과자를 막 다 먹은 삼손이 있는 곳에 도착했다.

테니스공이 와서 엉덩이를 살짝 밀자 삼손은 기다렸다는 듯이 움직이기 시작했다. 삼손은 경사로를 기어 올라가 그 끝에 설치된 움직이는 선반에 놓인 시리얼 바를 먹기 시작했다.

삼손이 시리얼 바를 집어 들자 선반이 기울며 끝에 걸쳐 있던 꽃다발이 외발자전거로 떨어졌다. 안장에 끈을 달아 매달아 놓았던 외발자전거가 선반 위를 슬슬 구르기 시작했다. 자전거 바퀴에는 망치가 거꾸로 붙어 있었고, 그 망치 끝에는 플라스틱 숟가락이 붙어 있었다. 외발자전거가 굴러가자 가장자리를 날카롭게 갈아 놓은 플라스틱 숟가락이 바퀴와 함께 회전을 하다가 우유 팩의 옆구리를 찔렀다. 쫘악!

우유 팩에서 우유가 하얀 폭포수처럼 쏟아져 나와 프란신이 들고 있는 플라스틱 컵으로 들어갔다.

컵에 우유가 가득 차자 프란신은 한 모금 꿀꺽 마신 다음 손등으로 입을 쓱 닦고 씩 웃었다.

"보셨나요?"

캔자스가 관객석을 향해 말했다.

"제가 도울 수 있다고 했지요? 누워서 떡 먹기네요!"

관객석에서 환호성이 터져 나왔다.

29.

텅 빈 플라스틱 컵

엄밀히 말해 장기자랑이 다 끝나고 심판들이 우승자를 발표하려면 아직 네 명의 출연자가 남아 있었지만, 방송부 아이들은 누가 우승할지는 벌써 정해졌다고 생각했다. 프란신과 캔자스가 무대에서 내려오자마자 나탈리, 엠마, 알리시아, 루이스가 무대 뒤로 달려와 비명을 지르고, 서로 껴안고, 팔짝팔짝 뛰었다. 얼마나 소동을 피웠는지 무대 감독님이 다들 밖에 나가서 '안정을 되찾으라'며 아이들을 쫓아냈다. 그래서 아이들은 교사 전용 주차장에 옹기종기 모여 추위를 쫓느라 발을 구르면서 마음껏 떠들어 댔다.

브랜던과 안드레도 밖에 나와 있었다. 하지만 둘은 껴안거나 소리를 지르지 않았다. 그냥 쓰레기통 옆에 뚱하게 서서 서로 귓속말을 하기도 하고 나머지 아이들을 사납게 노려보기도 했다. 프란신은 검은 망토 차림의 브랜던이 슈퍼 악당 같다고 생각했다.

"너희가 해냈어! 우승이야! 틀림없어! 그 굉장한 장치를 따라올 만한 묘기는 하나도 없었으니까! 삼손이 시리얼 바 집었을 때 봤니? 사람들이 다 홀딱 반해 버렸어. 상금은 우리 거야!"

"야아, 아직은 그런 말 하지 마."

엠마가 손을 스웨터 소매에 집어넣은 채 경고했다. 말을 하는 엠마의 입에서 하얀 입김이 나왔다.

"샴페인을 너무 일찍 터뜨리면 안 되는 법이야. 얼른 액담을 해."

"뭐라고?"

루이스가 물었다.

"액땜을 하라는 뜻이야."

알리시아가 설명했다.

"맞아. 액땜."

엠마가 대답했다.

프란신은 무대에서 썼던 플라스틱 컵을 손으로 비틀었다. 안에 조금 남아 있던 우유가 컵 바닥에 둥글게 고였다. 뼛속까지 추웠지만, 지금보다 더 행복한 적은 없었던 것만 같았다.

"그러니까 너희가 진짜 우승하면 둘 다 뉴스 앵커가 되는 거 맞지?"

루이스가 이렇게 묻자 프란신은 캔자스를, 캔자스는 프란신을 쳐다봤다. 하지만 둘 다 아무 말도 하지 않았다.

"동점이잖아. 9대 9가 되던가."

루이스가 말을 이었다.

"굉장하겠다. 너희 둘이 같이 뉴스를 진행하면 말이야."

엠마가 말했다.

"맞아. 나 결석한 날, 너희 둘이 진짜 웃겼다면서?"

알리시아가 맞장구를 쳤다.

아이들이 캔자스와 프란신이 공동 앵커를 하면 방송부가 얼마나 재미있어질지 모른다며 이러쿵저러쿵 수다를 떠는 동안 프란신은 아무 말도 하지 않았다.

'결국 이렇게 되는구나. 그렇게 열심히 노력했는데 결국 캔자스 블룸과 같이 해야 된다니.'

뭐, 이만한 것도 다행인지 몰랐다. 어쩌면, 캔자스와 함께 하면 무대 공포증을 극복할 수 있을지도 모른다. 그러다 보면 카메라 앞에서도 카메라 뒤에서 일할 때만큼 편안해질지도 모른다.

고개를 들자 캔자스가 자기를 쳐다보고 있었다.

"왜?"

프란신이 물었다.

캔자스는 두 손을 주머니 깊숙이 넣었다.

"네가 하는 게 낫겠어."

캔자스의 목소리가 너무도 나직해서 프란신은 아무도 그 소리를 듣지 못했을 거라고 생각했다.

"뉴스 앵커 말이야. 너 혼자 해."

"뭐라고?"

프란신은 눈을 가늘게 뜨고 캔자스를 바라봤다.

"너도 잘하잖아. 차분하고 또……."

이건 농담이 분명했다. 하지만 캔자스는 농담하는 분위기가 아니었다. 죽도록 심각한 얼굴을 하고 있었다.

"사실 난 별로 하고 싶지 않았어. 처음부터 네가 해야 한다고 생각했어. 그래서 너에게 표를 던졌던 거야."

캔자스가 작은 소리로 말했다.

"나에게 표를 던졌다고? 왜?"

다른 아이들은 아직도 수다를 떠느라 여념이 없었다. 아이들의 목소리가 높아졌다 낮아졌다 하며 차가운 겨울 공기 속으로 퍼져 나가고 있었지만, 프란신의 머리는 배배 꼬인 실타래처럼 복잡해졌다.

캔자스는 어깨를 으쓱했다.

"방송부에서 제일 열심히 하는 사람이 너잖아. 첫날부터 알 수 있었는걸."

프란신의 입이 떡 벌어졌다.

"난 그 표가……."

프란신이 받은 세 번째 표는 엠마나 알리시아 것이 아니었다. 두 사람 다 캔자스에게 표를 던졌던 것이다. 자기를 뽑은 건 캔자스였다. 그런데 자기는 담력 대결에서 캔자스를 밟아 주는 것으로 은혜를 갚으려 했다니.

"다들 어디 갔나 했더니 여기 있었구나!"

스팍스 선생님이 밖에 나온 걸 보고 방송부 아이들이 전부 입을 다물었다. 아직 분이 풀리지 않은 듯한 브랜던과 안드레도 이쪽으로 합류했다.

"좋은 소식을 전하러 나왔어요."

스팍스 선생님이 말했다.

"소식이요? 무슨 소식인데요?"

나탈리가 까치발을 하며 물었다. 선생님은 지금까지 프란신이 본 것 중 가장 큰 함박웃음을 띠고 말했다.

"캔자스와 프란신이 우승했어요. 정말 대단하죠? 거의 만장일치였어요. 4 대 1."

엠마가 빽 소리를 질렀다.

"우리가 우승했다고요? 그럼 상금은 우리 거예요?"

"새 카메라다!"

루이스가 외쳤다. 그리고 모두 또 한 번 환호성을 올렸다.

하지만 모두가 기뻐하는 건 아니었다.

"말도 안 돼!"

브랜던이 외쳤다.

"그런 게 어디 있어? 난 정말이지, 나 안 해!"

브랜던은 누가 뭐라 할 새도 없이 씩씩대다가 검은 망토를 휘날리며 체육관으로 들어가 버렸다. 안드레는 어떻게 해야 할지 몰라 잠시 두리번거리더니 슬슬 마음을 정하고 모두에게 이렇게 말했다.

"그래. 나도 안 해!"

안드레도 몸을 돌려 브랜던을 따라 체육관으로 들어갔다.

"흠, 참 안됐군요."

스팍스 선생님이 말했다. 하지만 선생님 말고는 아무도 그 아이들에게 신경 쓰지 않는 듯했다.

"심판 중에 누가 너희에게 표를 던지지 않았는지 궁금하다. 머리가 제대로 된 사람이라면 너희를 뽑는 게 당연하잖아."

알리시아가 말했다. 프란신은 궁금하지 않았다. 캔자스도 궁금하지 않은 듯했다.

"와인모어 선생님."

둘이 합창을 했다. 그리고 함께 웃음을 터뜨렸다.

"정말 대단했어요. 다들 정말 열심히 해 줘서 선생님이 정말 고마워요. 겨울 방학이 끝나고 개학할 즈음이면 새 카메라가 도착해 있을 거예요. 방송부는 앞으로 더 멋진 곳이 될 거예요."

프란신을 비롯한 모두가 목소리를 합쳐 선생님 말에 동의했다.

"그런데 새 학기에 누가 뉴스 앵커를 할지는 정해졌나요?"

선생님이 물었다.

루이스가 먼저 나섰다.

"프란신과 캔자스가 나눠서 할 거예요. 공동 앵커로요."

"좋은 생각이네요. 프란신, 캔자스, 너희 생각은 어떠니?"

캔자스는 어깨를 으쓱했다.

"프란신이 하는 게 맞을 것 같아요. 저는 괜찮으니까."

캔자스의 말에 모두가 놀랐지만 선생님은 고개만 끄덕였다.

"프란신은? 아직도 앵커가 하고 싶니?"

프란신은 이제 초록색이 거의 다 빠진 머리카락 한 가닥을 귀 뒤로 넘겼다.

"다시 투표를 하면 좋겠어요. 그래야 확실하니까요. 공평하게 정하면 좋을 것 같아요."

"그럼 좋지."

스팍스 선생님이 대답했다.

옆에 있던 나탈리가 팔을 뻗어 프란신의 손을 꼭 잡았다. 프란신이 돌아보자 나탈리가 눈으로 이렇게 말했다.

'잘 생각했어. 이번엔 분명히 네가 뽑힐 거야.'

프란신도 눈으로 나탈리에게 생각을 전했다. 둘은 유아원 시절부터 제일 친한 친구 사이였기 때문에 눈으로 하는 말도 이해할 게 분명했다.

"정말이야?"

나탈리가 속삭였다.

프란신이 고개를 끄덕였다.

"좋아요. 그럼 손을 들어서 투표를 하지요. 다음 학기에 프란신이 뉴스 앵커를 맡으면 좋겠다고 생각하는 사람은 손을 드세요."

스팍스 선생님이 말했다.

프란신이 보기에 선생님은 모두가 프란신에게 표를 던지리라고 예상하는 듯했다. 캔자스도 그렇게 예상했다. 그러나 4학년 방송부의 입소문 속도는 무서울 정도로 빨랐다. 선생님이 말을 마치기도 전에 나탈리는 엠마에게, 엠마는 알리시아에게, 알리시아는 루이스에게 귓속말을 했다. 그리고 아무도 손을 들지 않았다.

손을 든 사람은 캔자스뿐이었다.

"엥?"

캔자스는 주변을 살피다가 손을 내렸다.

"우리 생각엔 네가 하는 게 좋을 것 같아. 너 혼자."

프란신이 미소를 지으며 말했다.

"엥?"

캔자스가 같은 소리를 냈다.

프란신은 언제나 뉴스 앵커가 되고 싶어 했다. 하지만 때로는 마음먹은 대로 되지 않는 일도 있다고, 그리고 어쩌면 그게 가장 좋은 일이라고 프란신은 생각했다.

"넌 자격이 있어. 그 일을 아주 잘하니까. 그리고 난 촬영기사 일을 다시 하고 싶거든."

프란신이 말했다.

"하지만……."

"다들 찬성하는 건가요?"

스팍스 선생님이 물었다.

이번에는 모두가 손을 들었다. 캔자스만 빼고.

"그럼, 이걸로 결정됐군요. 5 대 1이네요. 축하한다, 캔자스."

"하, 하지만……."

캔자스가 말을 더듬었다.

"하지만 저는……. 이건 프란신이 해야만……. 넌 죽어도 뉴스 앵커가 되고 싶어 했잖아!"

프란신은 어깨를 으쓱했다.

"이제 즐겁게 사는 다른 방법을 찾았다고나 할까?"

프란신은 혼자서 따뜻한 미소를 지으며 몸을 돌리고는 엄마 아빠가 기다리는 체육관 문을 향해 걸어갔다.

30. 누워서 떡 먹기 아니 케이크 먹기

캔자스 엄마는 선물 가게에서 일하는 시간을 바꿔서 지니가 '엄마와 나와 무뇨즈 아줌마의 요가 교실'이라고 부르는 요가 수업에 가기로 했다. 그 때문에 일요일에 열린 루이스의 생일 파티에 캔자스를 조금 일찍 데려다 주게 되었다. 두 시간이나 일찍.

"안녕, 캔자스!"

루이스가 문을 열고 캔자스를 반겼다.

"이렇게 일찍 와서 장식하는 걸 도와주다니, 고마워. 자, 이거 껴."

루이스는 캔자스에게 헐크 손 한 쌍을 건넸다. 스폰지로 만든 초록색의 커다란 주먹이었다. 캔자스는 그걸 손에 꼈다. 루이스도 똑같은 주먹을 가지고 있었다.

"부숴, 헐크, 부숴 버려."

루이스는 그렇게 외치며 캔자스를 툭툭 쳤다.

캔자스는 웃음을 터뜨렸다.

"이걸 끼고 어떻게 장식을 하냐?"

손 하나가 자기 머리통만 했다.

루이스가 어깨를 으쓱했다.

"실은 엄마가 거의 다 하고 있어. 내가 망칠까 봐 걱정하면서. 우리는 얼씬도 하지 말아 달래. 약간 정신을 놨어, 우리 엄마."

"무슨 생일 파티길래 정신까지 놓으셨대?"

"보면 알아. 자, 내 방 보여 줄게."

루이스는 캔자스를 데리고 복도를 지나면서 계속 헐크 손으로 캔자스를 툭툭 쳤다.

"참, 깜빡했다."

루이스가 방에 들어가며 말했다. 그 방은 캔자스가 평생 본 것보다 더 많은 만화책과 만화 관련 물품으로 가득했다. 책장을 타고 올라가는 울버린 인형, 벽 여기저기 붙어 있는 스파이더맨 포스터, 천장에 매달려 있는 무섭게 생긴 그린 고블린까지. 캔자스는 자기가 앞으로 루이스네 집에 아주 자주 놀러 오게 되리라는 걸 바로 알 수 있었다.

루이스가 노란색 봉투를 쑥 내밀었다.

"자, 이거."

캔자스는 헐크 손 한쪽을 겨드랑이에 끼고 손을 뺀 다음 루이스가 내민 봉투를 받아 들었다.

"이게 뭐야?"

"내가 찍은 사진. 네가 한 임무를 전부 찍었지."

루이스가 침대에 앉자 캔자스도 그 옆에 앉아 사진을 꺼냈다.

"진짜 괜찮은 것도 있어."

캔자스는 사진을 봤다. 지니의 발레복을 입고 완전히 얼이 빠진 채로 스팍스 선생님 그리고 초록색 머리를 한 프란신과 교실 앞쪽에 나란히 서 있는 모습, 식당 테이블에 앉아 하늘로 턱을 쳐들고 늑대처럼 울부짖는 모습. 캔자스는 사진을 넘기며 씩 웃었다. 담력 대결 임무가 모두 사진에 담겨 있었다. 여자 배구 대표팀 선발전, 팔로 얼음 녹이기, 심지어 캔자스가 뉴스 앵커를 맡은 첫날에 의자를 빙빙 돌리다가 토하는 순간의 사진도.

"진짜 잘 찍었네."

캔자스는 사진을 다시 봉투에 넣으며 말했다.

"네가 원하면 내가 전속 사진사 해 줄게. 또 담력 대결을 하게 되면 알려 줘."

"고마워. 하지만 당분간 담력 대결은 쉴 거야."

이제는 이미지 관리를 좀 해야 할 것 같았다. 2주일만 있으면 방송부의 새 뉴스 앵커가 될 테니까. 캔자스는 자신이 그날을 손꼽아 기다리고 있다는 게 스스로도 놀라웠다.

"애들아!"

복도에서 누가 불렀다.

"애들아? 좀 도와줘야겠다."

루이스의 엄마가 방문 사이로 고개를 들이밀고 말했다. 침대에 앉아 있던 루이스가 고개를 들었다.

"뭔데요?"

"방금 제과점에서 생일 케이크가 왔는데 내가 원했던 것하고 좀 달라서 말이야."

"그게 무슨 말이에요? 뭐가 잘못됐는데?"

"으음, 그게……."

루이스의 엄마가 입술을 일자로 다물었다.

"엄마는 바닐라 맛 스파이더맨 케이크에 초콜릿 장식으로 '생일 축하해, 루이스'라고 써 달라고 주문했거든."

"그런데요?"

"그런데 초콜릿 케이크에 바닐라 장식으로 '생일 축하, 루이자'라고 쓴 게 왔어."

루이스가 웃었다.

"거미 장식은 돼 있고요?"

"살충제를 피해 도망가는 것처럼 득실득실하더라."

"와아, 멋지겠다!"

루이스가 외치며 캔자스를 보자 캔자스도 웃음을 터뜨렸다.

"전혀 멋지지 않아. 내가 주문한 게 아니……. 어쨌든 새 케이크를 가져오기로 했어."

"그래요? 그럼 우리가 뭘 도와 드려요?"

루이스가 물었다.

루이스 엄마가 손가락으로 턱을 쓰다듬었다.

"그러니까, 너와 캔자스가 첫 번째 케이크를 없애는 걸 도와주면 좋을 텐데 말이야."

루이스 엄마의 심각했던 표정이 미소로 바뀌었다.

캔자스가 루이스를 쳐다봤다. 설마 자기가 잘못 들은 거겠지?

"그러니까 우리보고 그 케이크를 먹으라는 거예요?"

루이스가 느릿느릿 말했다. 루이스 엄마가 웃음을 터뜨렸다.

"그거야, 케이크를 버릴 순 없잖니. 게다가 지금 시간이……?"

루이스 엄마가 시계를 보았다.

"아침 아홉시 반이잖아?"

루이스가 침대에서 벌떡 일어났다.

"케이크 먹기에 딱 좋은 시간이네! 어때, 캔자스?"

캔자스가 씩 웃으며 대답했다.

"좋아, 루이자!"

둘은 복도로 달려 나갔다.

"있잖아."

캔자스가 입을 열었다. 두 사람은 식탁에 앉아 우유가 담긴 커다란 컵 두 개와 커다란 케이크를 앞에 두고 있었다. 케이크에는 듣던 대로 검은색 거미 장식이 득시글거렸다.

"내가 생각해 봤는데 말이야."

캔자스는 포크를 들어 하얗고 부드러운 크림에 찔러 넣었다. 케이크는 엄청 맛있었다.

"다음 주에는 네가 우리 집에 와서 같이 농구하면 좋겠다."

루이스는 벌써 네 입째였다. 입술에 초콜릿 부스러기가 묻어 있었다.

"그러자. 그런데 나 농구 못해."

"그럼 무뇨즈 아저씨랑 한편 하면 되겠다. 아저씨가 자꾸 나랑 농구를 하고 싶어 하는데 혼자서는 영 힘들거든."

"잘됐네."

루이스는 이렇게 대답하고 케이크를 또 한입 퍼먹었다.

"내 생일 파티에 와 줘서 고마워. 네가 캠핑을 못 가게 된 건 안 됐지만……."

"그렇지 않아."

캔자스가 말했다. 그리고 그 말을 하는 순간 그게 자기의 진심이라는 걸 깨달았다.

이제는 리키와 윌에게 화가 나지 않는다는 걸 깨달았다. 그 애들이 자기랑 다시 친구가 되고 싶어 하면 그것도 괜찮겠지만 일단은 여기 캘리포니아에도 친구가 많았다.

캔자스는 우유를 마시며 생각했다. 이 사실을 깨닫기까지 좀 시간이 걸리긴 했지만, 지니가 그날 병원에서 한 말은 틀렸다. '우린 아무도 필요 없어.'라고 했던 말 말이다. 그때는 캔자스도 그렇게 생각했다. 그러나 시간이 지나면서 자기에겐 다른 사람이 필요하다는 걸 알게 되었다. 그 사람들이 자기가 생각했던 사람들은 아니라도 말이다.

루이스가 갑자기 말했다.

"야, 내가 케이크 이쪽을 이만큼 먹는 동안……."

루이스가 포크로 케이크를 가르는 시늉을 하며 말했다.

"넌 요만큼도 못 먹겠지? 내기해도 좋아."

캔자스가 눈썹을 치올렸다. 케이크 한 조각이 엄청 컸다. 거의 자기 손만 했다. 캔자스는 우유를 길게 한 모금 마시며 생각해 보았다. 그리고 컵을 탕 하고 내려놓으며 말했다.

"무슨 소리야?"

"그래?"

루이스의 얼굴에 미소가 번졌다.

"그렇다면 너에게 담력 대결을 신청한다!"